정체성의 돌봄

정체성의 돌봄

· **초판 1쇄 발행** 2019년 10월 10일

· **지은이** · 앤디황 이성미
· **펴낸이** · 민상기 **편집장** · 이숙희 **펴낸곳** 도서출판 드림북
· **인쇄소** · 예림인쇄 **제책** · 예림바운딩 **총판** · 하늘유통(031-947-7777)
· **등록번호** 제 65 호 · **등록일자** 2002. 11. 25.
· 경기도 의정부시 가능1동 639-2(1층)
· Tel (031)829-7722, Fax(031)829-7723

정체성의 돌봄

영화로 읽는 심리 에세이

앤디황 · 이성미

드림북

prologue

수빈(가명)이라는 여자 아이가 있습니다. 수빈이는 친 오빠의 친구와 선배들로부터 초등학교 6학년부터 중학교 3학년 초기까지 지속적으로 성폭행을 당한 아이입니다. 학위를 위한 박사과정을 갓 마친 저에게 첫 기회가 와서 첫 슈퍼비전을 시작한 이성미 전 학원장과 첫 상담 주제가 바로 수빈이 이야기였습니다.

그 해, 2018년 10월 말, 수은주는 10도를 가리키고 있는데, 비릿한 냄새를 가득 품은 바람은 바로 가을을 거치지 않고 겨울로 가겠다고 보채는 듯 했습니다. 가을비를 잔뜩 머금은 구름들이 가득한 경기도 북부의 신도시, 어느 정갈한 카페에서 이성미 원장과 첫 대면을 했지요. 긴 시간을 예고한 이성미 원장의 앙 다문 입술에 각진 턱 선은 굳은 의지를 나타내었고 눈빛은 그렇게도 형형히 빛나고 있었습니다.

저의 첫 슈퍼비전supervision[1]의 대상인 이성미 원장은 최근 상담사로서 활동을 시작한 새내기입니다. 이 분이 학원 사업으로 상당한 성공을 거두고 있었음에도 불구하고, 이를 과감하게 내던지고 직업을 전문 상담사로 방향을 전환하게 된 동기motive는 다름 아닌 수빈이라는 학생의 학원 원장선생님으로 또는 삶의 멘토mentor로서 상담을 하다가 알게 된 아동기 성폭력 사건이었습니다.

학원 사업을 25년간이나 지속하고 많은 학생들의 학습 상담을 시행해온 관록의 학원장이 직업을 상담사로 전환하게 된 동기도 수빈이고, 상담사 자격으로서 상담을 저에게 청한 것도 수빈 학생과 오랜 시간동안 맺어온 대화의 덩어리들이 차곡차곡 쌓여, 탑의 높이가 일보다, 돈보다, 마음의 한계점을 넘어서 쓰러지기 일보직전의 비상상황에 대한 커다란 경고를 울리고 있었기 때문이었습니다.

이성미 전 학원장과 첫 상담을 시작하던 그 날은 우중충한 날씨만큼 참으로 우울한 날이었습니다. 언론에서는 박근혜 전(前)대통령의 구속이 연장될 것인지 조건부 보석이 가능한지 여부에 대해 정치권 공방이 벌어지고 있었고, 청와대에서는 세월호 침몰 사건에 대한 관련 문서 조작 의혹을 발표하고 있었으며, 탈(脫)원전 정책에 따른 신고리 원전

---

1) 슈퍼비전supervision(수련감독)은 임상전문가로 개인이나 소집단의 형태로 상담사가 겪는 사례에 관한 어려움을 상담 혹은 지도해주는 과정이다.

5 • 6호기 공사 재개 여부에 대한 사회적 여론이 갈등을 빚고 있던 날이었습니다.

그리고 그 해 10월은 우리나라 공중파 방송에서 처음으로 성범죄를 다룬 수사드라마 '마녀의 법정'이 첫 전파를 탄 시기입니다. 그동안 한국 드라마는 여성과 아동을 대상으로 한 성범죄를 잘 다루지 않았습니다, 단순히 자극적인 소재로만 쓰인다면 피해자들에게 또 다른 상처가 될 수도 있고, 일부분을 부각시키면 자칫 남녀 성 대결로 번질 수도 있기 때문이라고 담당 PD는 해명하면서 드라마 방영을 시작했습니다.

사실상, 1993년도까지만 해도 우리나라의 성폭력 피해자는 사건을 겪은지 6개월 안에 고소를 해야만 했고, 더구나 직계존속은 고소하지 못한다는 형사소송법 제224조에 의해 딸이 아버지에게 지속하여 강간 피해를 입더라도 고소를 할 수 조차 없었습니다. 또한, 피해자는 수사와 재판과정에서 그 누구의 조력도 받을 수 없었고 그 밖에 사회 복지적, 법률적, 의료적인 지원체계도 전무했습니다.

과거 성폭력을 다루었던 형법 제32장의 제목은 우습게도 '정조에 관한 죄'였습니다. 즉, 성폭력은 요즘처럼 자주 거론하는 '성적자기결정권'을 침해한 죄가 아니라, 가부장제 사회에서 혈통의 순수성을 지켜 대를 이어야 하는 여성의 몸을 침해한 행위로 인식한 것입니다. 따라서 성폭력 피해자들은 피해 사실을 폭로하거나 발표하는 것 자체가 여성으로서 가치를 포기하는 행위로 여겨지는 사회적 분위기에서 스스로 입을 다물 수밖에 없었던 것이죠.

돌이켜보면 '성폭력범죄의 처벌 및 피해자보호에 관한 법률'이 제정된 것은 1994년이고, 그로부터 6년 후, 2010년에는 '성폭력방지 및 피해자보호 등에 관한 법률'과 '성폭력범죄의 처벌 등에 관한 특례법'으로 분리 입법이 되었습니다. 지금은 2019년도이므로 '성폭력'이라는 단어가 법률적으로 활동을 하게 된 것은 1994년부터 고작 25년이 지났을 뿐입니다. 게다가 성폭력 범죄에 관한 국가 통계는 대부분 2010년도부터 시작하고 있으니 우리나라의 성범죄에 대한 인식은 어쩌면 이제야 싹을 틔우고 있다고 해도 과언은 아닐 것입니다.

우리나라의 성폭력과 관련된 국가 통계를 보면 좀처럼 줄어드는 기색이 없습니다. 어쩌면 일반인들이 인터넷과 SNS를 활발하게 사용하기 이전에는 더 많은 성범죄들이 그늘진 곳에서 기승을 부리고 있었을지도 모를 일입니다.

마음이 아픈 내담자들과 상담을 하다보면 정말로 사람에 대한 많은 주제와 다양한 이슈를 놓고 대화를 하지만 성폭력 문제는 상당히 심각하고, 신중해야 하며, 충실한 진단이 요구되는 이슈issue입니다. 왜냐

하면 성폭력은 심리학에서도 중요시하게 다루는 '자아 정체성의 파괴'
이고 그 맞은편에는 삶을 마감하는 '자살'이라는 극단적인 행위가 기다
리고 있기 때문입니다.

이 책을 작성하면서 해결 방안을 제시하려는 작위적인 의도는 없습니
다. 단지 문제를 해결하기 위하여 예상되는 긴 여정을 기록으로 남겨놓
고자 한 것이 저의 동기motive입니다. 이성미 상담사와 수빈이가 언젠
가 세상 밖의 혼란과 갈등에 정면으로 도전할 수 있는 용기를 갖게 된
다면 좋겠습니다. 그리고 앞으로 사회에서 더욱 크고 큰 도발이 발생
하여 나의 상담사와 내담자가 위기에 봉착한다면, 저는 고민하지 않고
바로 가해자들의 실명을 작성하여 재출간할 예정입니다.
자, 지금부터 현재 마음의 기준점에서 목표 지점까지 자료와 정보의
숲속을 차분하게 걷고자 합니다.

목 차

제 I 부

정체성에 대한 소고(小考)

나는 누구인가

직업에 대한 정체성

정체성의 왜곡

나는 누구인가

본 아이덴티티The Bourne Identity라는 첩보 액션 장르의 영화를 꽤 흥미롭게 관람을 한 적이 있다. 그 영화는 시리즈 형식을 빌려 1, 2, 3편까지 나오는 동안 국내에서 많은 사람들을 열광을 하게 만들었고, 주인공 '제이슨 본' 역을 맡은 맷 데이먼Matt Damon을 미국 할리우드 영화 시장에서 스타의 반열에 올려준 1등 공신이기도 했다.

지금도 나의 뇌리에 깊게 남은 장면은, 본 시리즈 중 2편에서 주인공 제이슨 본이 자신의 기억을 되살리고자, 추적자들의 살해 위협에 대항하여 고분 분투하는 과정에서 정부기관 내부의 조력자로 등장하는 파멜라 부국장로부터 '데이비드 웹'이 자신의 본명이고 출생지가 '미주리 주 닉사' 라고 듣는 장면이다. 제이슨 본이 자신을 암살하려는 킬러들과 사투를 벌이며, 그렇게 숱을 고비를 넘기면서 찾아낸 자신의 첫 번째 정체성은 자신의 본래 이름이었다.

3편에서 본인의 출생일이 1971년 4월 15일이라는 말에서 힌트를 얻어, 군인 신분이었던 '데이비드 웹'이 실험실 특수훈련을 통해 '제이슨 본'이라는 CIA 작전요원으로 재탄생하게 된 주소지 4-15-71를 찾아가면서, 함께 행동하자는 파멜라 부국장에게 나지막하게 던진 말이 있다.

'여기에서 다 시작되었어. 여기서 끝낼거야'

나의 첫 슈퍼비전 상담자인 이성미 전 학원장에게 자기 자신이 누구인지에 대한 질문을 던지기 위해 마음에서 끌어올려 입안에서 기다리고 있는 말은 '모든 것은 여기에서 시작되었어, 여기서 다시 시작해야 해'라는 말이었다. 그러나 나의 이성을 통제하는 좌측 뇌는 손때가 묻은 노트를 강단에 올려놓고 강의하는 교수들과 똑같은 태도로 통상적인 질문을 습관적으로 계속 던지고 있었다.

"원장님 저와 작년부터 슈퍼비전을 통해서 여러 가지 이야기들을 나눴는데, 본인이 생각하기에 스스로가 누구라고 생각하는지에 대해서 이야기해 주세요."
"저는 25년 정도 입시학원을 운영해 오면서 제가 굉장히 자존감이 높은 사람 중에 하나라고 생각했었어요. 이공계 출신이구요. 처음에는 과외로 2명의 학생으로 시작해서 몇 백 명이 되는 학원까지 올린 경우였지요. 학원을 25년 동안 운영하면서 사업가로서도 인정받고 저로부터 학원 운영시스템이나 프로그램을 배우고 싶어 하는 사람도 많았습니다. 그 사람들에게 학원 운영을 가르쳐주고, 학원 사업가로 성공하고 인정받는 사람으로 소개할 수 있을 것 같아요."

우리는 길을 걷다가 다가오는 사람에게 부지불식간에 질문을 던져보자. '너는 누구니?' 이런 질문을 받은 100명 중 98명은 반드시 이렇게 대답한다. '네가 누군데 나에게 왜 그런 걸 물어봐?' 거의 미친 사람 취급을 받게 된다. 슬며시 피하는 것이 도리이다. 나머지 한 명은 이렇게 대답한다. '학생인데요? 왜요?' 우리나라 중·고등학생들은 아주 간단하게 대답할 수 있다. 학생이라는 '신분'으로써 자신을 일일이 설명하지 않더라도 질문자로 하여금 일부 짐작게 할 수 있는 부분이 있고, 알지못하는 질문자의 위력에 대해 어느 정도 보호를 받을 수 있다고 생각하기 때문이다. 마지막으로 남은 한 사람은 이렇게 대답한다. '저는 앤디 황인데요. 나라초등학교 1학년이에요.' 아동들은 정확하고 자기가아는 만큼 답변을 해 준다. 고맙다.

지금 내 앞에 앉아서 슈퍼비전을 함께 하는 상담사는 이성미라는 원장으로 중년여성이다. 원래 상담을 전공으로 하신 분이 아니다. 경남

모 소도시에서 중고등학생들을 대상으로 2~3명 앉혀놓고 시작한 과외로 출발하여 중소기업 규모의 학원으로 성장시킨 지역사회에서 성공한 학원사업가이다. 수입도 많고 안정적인 삶을 지속할 수 있는 사람이 왜 굳이 적은 수입으로 마음 아픈 사람들을 계속 만나야 하는, 육체적으로나 정신적으로 고달픈 직업인 상담사를 하겠다고 나섰는지 조금 걱정이 되긴 하다. 과연 견딜 수 있을까?

"제가 알기로는 학원을 정리하시고, 새로운 일을 시작한 것으로 알고 있는데요."

"네. 새로운 일을 시작했지요. 학원을 25년 동안 운영하면서 사실은 무일푼으로 시작하면서 어느 정도 스스로 굴러갈 정도로 큰 규모가 될 때까지 운영했던 학원인데, 제가 어느 한순간 어떤 경제적인 풍요로움보다 더 빈곤했던 게 뭐냐면 정신적으로 굉장히 많이 힘든 게 있었어요. 아이들 상담하는 데 있어서 저에게 굉장히 많이 힘든 아이들이 상담하러 오기 시작했어요. 하지만 제가 부족하다는 것을 느끼면서, 아이들에게 교육을 통해서 번 돈이 많았는데 이것을 다시 환원할 기회가 있었으면 좋겠다는 생각을 꾸준히 해왔고, 그리고 결정적으로 굉장히 상처받은 아이들을 상담하게 되면서 내가 이것을 그만두고 그런 아이들을 위해서 일할 수 있는 뭔가를 시작해야겠다고 생각하게 되었던 것 같아요. 그래서 10년 전부터 제가 공부를 다시 시작해야겠다고 생각했고 지난 2014년에 이화여대 상담심리학과 석사과정을 지원하게 되었어요. 그렇게 지원하게 된 것도 아이들을 상담하면서 심각하게 고통받는 아이들이 많은데 사회에서는 무관심한 부분들을 부딪치게 되면서 이것에 대해 구체적으로 교육하고 목소리를 낼 수 있는 무언가를 만들어야겠다고 생각한 게 10년 전부터였던 것 같아요."

"그러셨군요. 그래서 지금은 공부를 다 마치셨죠?"

"네. 석사과정을 다 마쳤습니다."

현실적으로 스스로 '나는 누구다'라고 정확하게 표현하고 설명하기는 어렵다. 특히 대한민국에서 자라고 교육을 받은 사람에게 정확하지는 않더라도 빠른 속도로 자신에 대한 정의를 내리게 하는 것은 변비환자에게 설사약을 처방하는 것처럼 난감한 일이다.

게다가 생애주기 측면에서 가장 화려한 30~40대를 학원사업으로 승승장구 하시던 분이 갑자기 인생극장의 화면 전환을 하고 있다. 하지만 내 앞에 앉아 진지하게 자신의 정체성을 찾아다니고 있는 제이슨 본은 나에게 낮은 목소리로 호흡을 고르며 천천히 말을 하고 있다. '여기서 다 시작되었어. 여기서 끝내려고 해.'

자아 정체성

현 위치에서 좀 더 깊숙이 1미터만 더 들어가 본다. '나는 누구인가'

에서 '나'를 한자로 표현하면 자아(自我)이고 '누구인가'는 한자어로 '정체, 정체성(正體性)'으로 한다. 따라서 '나는 누구인가'를 압축하면 '자아 정체성'이라 하겠다. 자아라는 단어는 사실 일상 생활에서 잘 사용하지 않는다. 우리는 보통 '자기(自己)', '자기 자신'이라는 단어를 더 많이 사용한다.

심리학에서는 자아를 인간의 정신은 무엇인가를 설명하는 중요한 개념 중 하나로 보고 있다. 사람이 자신이 누구인지 알게 되는 것은 언제 어디서부터 일까. 자아는 주로 주변 환경에 의해 영향을 많이 받는다는 것이 정설이다.

자아는 태어나서 죽기 전까지 일생동안 만나는 인간관계와 생활환경에 의해 결정된다. 학문적으로 자아는 각자 개인이 가지고 있는 자기 자신에 대한 여러 가지 생각이나 신념이며, 또한 자기가 누구인지 아는 지식self-knowledge은 각각의 사람이 어떠한 자아를 가지고 있느냐에 따라 자신의 여러 가지 행동을 통제한다고 설명한다.

왜 나는 누구인가를 알아야 하는가. 왜 정체성을 찾아야 하는가. 내가 '나 다움'을 잃어버렸을 때 나의 마음은 부정적인 신호를 작동시키기 시작한다. 불안, 분노, 우울 등 부정적인 신호등들이 깜빡이기 시작하면서 신체의 급격한 부작용을 야기한다. 대인관계, 수면장애 등 인간으로서 안정적이고 일상적인 생활을 영위하기가 어려워지기 시작한다. 한마디로 편하게 못산다. 계속 고민을 하고, 불행하다고 호소를 한다. 행복하게 살고 싶은가?

사람이라는 포유동물은 그리고 인류는 비슷한 성향을 갖고 태어나지만 누구든지 남들과 다른 자기 자신만의 고유한 특성을 가지고 있다. 태어날 때부터 갖고 있는 특성도 있겠지만 성장하면서 신체의 변화뿐만 아니라 성격도 타인과 비교하면서 점차 자신만의 독자성을 형성하고 타인과 자기 자신을 구별해 나가기도 한다.

따라서 심리학에서는 자아를 인지, 정서, 의지의 정신과정으로 이루어져 있으며, 자기 자신을 포함한 세계, 환경을 느끼고 이해하며 그 환경 안에서 대인관계를 형성하고 자기가 하고자 하는 역동적이고 복합적인 개념으로 해석한다.

원래 '자아정체성self-identity'은 라틴어 'Identius'에서 유래된 것이다. 그것은 '그 사람 자체인 것', '전적으로 동일한 것', '자기 자신', '정체' 등의 의미를 가지고 있다. 이러한 어원의 의미는 자아 정체성을 '자기 정체에 대한 생각'으로 정의를 내리게 한다. 즉, '나는 누구인가?'에 대해 아는 것, 자신이 누구인가에 대해 답하는 것이 자아 정체성이라고 할 수 있다.

다시 영화이야기로 돌아간다. 본 시리즈의 첫 번째 편인 본 아이덴티티에서 제이슨 본은 첫 등장부터 심상치 않다. 비오는 날, 어두운 밤, 이탈리아 어부들은 지중해 바다에서 표류하고 있는 한 남자를 구하게 된다.

깨어난 남자에게 선장은 묻는다. '나는 지안 카를로요. 당신은 누구요?' 그는 의식을 찾게 되지만 기억 상실증에 걸려 자신이 누구인지 모른다. 이후 그 남자는 자신의 몸에 숨겨져 있던 스위스 은행의 계좌 번호를 단서삼아 은행에 보관되어 있는 자신의 소지품을 살펴보면서 자신이 파리에서 '제이슨 본'이라는 이름으로 살았음을 알게 되지만, 여러 개의 가명으로 만들어진 여권을 보고 자신의 실명과 국가에 대한 정체성에 혼란을 겪게 된다.

그 남자는 자신을 구조해준 선장에게 자신의 이름을 말해주지 못한다. 자신이 누구인지 몰라 답답하고 미치겠다는 호소만 할 뿐이다. 영화가 상영되는 동안, 무려 1, 2, 3편이 다 진행되고 절정으로 달려갈 때에서야 그 남자는 파멜라 CIA 부국장으로부터 '데이빗'이라고 자신의 이름이 처음 불려진다.

영화 흐름 속에서 자신의 이름도 모르고, 생사를 넘는 격투를 하면서, 정체성을 찾아다닌 그 남자에게는 대단히 미안한 말이지만 우리는 영화 내내 그 남자가 '제이슨 본'이라고 알고 있었다. 그리고 그 남자가 어렵게 찾아낸 '데이비드 웹'이라는 본명을 우리는 기억 하지 않는다.

사람은 태어나자마자 이름을 갖게 된다. 그 이름에는 많은 정보들이 들어있다. 이름만으로도 아시아계인지, 유럽계인지, 영미계인지 알 수 있다. 그리고 남성 여성 구별이 대체로 가능하다. 그러나 나이는 알 수 없다. 얼굴을 맞대고 만나봐야 청소년인지 청년인지 중년인지 알 수 있다. 마침 내 앞에 앉아서 차를 한 모금 마시면서 내 눈을 바라보고 있는 사람의 이름은 이성미라는 분이다. 중년 여성이고, 남편은 현재 목사의 직업을 가지고 있으며, 자녀에 관해서는 아직 묻지 않았다. 앞으로 자연스럽게 알게 될 것이다. 마지막으로 자신을 상담사로서 소개하고 있다.

자, 지금까지 1미터 정도 들어왔으니 이왕이면 2미터만 더 들어가 본다. 아직까지는 캄캄하다.

'자아정체성self-identity'이라는 용어를 처음 사용한 에릭슨Erikson은 자아 정체성을 "개인의 자아가 자신의 인격을 통합하는 방법에 동질성과 연속성이 유지되고 있는 사실을 알고 자신의 통합화하는 방법이 자기가 다른 사람에게 주는 존재적·개인적 의미의 연속성과 동질성을 유지하는 자아의 자질"로 정의한다.

우달스키와 해리스Wodarski&Harris는 청소년시기에 자살시도, 행위를 하게 하는 주요한 원인을 자아정체성에서 찾으려 했다. 자아 정체성과 자살생각에 대한 레스터Lester의 연구에서 자살생각을 했거나 이미 자살을 시도했던 청소년에게 자살생각과 자아정체성이 관련되어 있다고 했다.

청소년기 자아 정체성

에릭슨Erikson도 비슷한 이야기를 나에게 설명하고 있다. "자아정체감의 형성은 유아기부터 시작되는데 '신뢰감'과 '불신감'이 이 시기에 중요한 정체감의 요인으로 형성된다. 그러나 청소년기를 유독 강조하고 있는 이유는, 청소년 시기는 내면과 외면의 발달에서 일어나는 변화와 심리, 사회, 환경적 요인들로 인해 과거에 형성되었던 정체감이 새로운 요인들과 갈등을 일으키기 때문이다. 이러한 갈등의 시기에는 자기 자신의 역할을 혼란스럽고 느끼는 등 정체감의 혼미가 생긴다."고 설명하고 있다. 청소년기는 자아정체성이 형성 및 확립되는 시기이며 자기 자신을 다른 사람과 분리된 개인으로서의 자기를 추구하는 것으로 알려져 있다.

따라서 청소년기 자아 정체성은 청소년들이 주로 활동하는 학교생활로부터 영향을 많이 받는다. 자아정체성이 바르게 형성되어 있는 청소년들은 친구관계와 학업 성적, 학교생활 적응 등에서 안정적이지만, 부정적으로 형성되어 있는 청소년들은 친구관계와 학교생활 적응을 잘 하지 못한다. 또한 자아정체성이 낮은 청소년들은 학교생활에서 스트레스를 더 많이 받는다는 것이 일반적인 인식이다.

안으로 2미터 정도 들어오니까 순간 내 앞에 앉은 이성미 전 학원장은 사라지고, 주변은 어두워지며 공허한데 갑자기 수빈(가명)이라는 대학생이 내 머리 속에 촛불처럼 등장했다. 나는 수빈이라는 학생은 만나 본적이 없으니 상담을 진행한 적도 없었다. 단지 이성미 전 학원장으로부터 전해들은 이야기가 전부이다. 수빈이는 과연 사건이후 고등학교 3년이라는 시간을 어떻게 보냈을까? 그리고 지금은 어떤 생각으로 무엇을 하고 있을까?

좀 더 2미터 깊이 들어 온 길을 되돌아 나와서 이번에는 오른편으로 1미터를 가본다. 다시 이성미 전 학원장과 함께 마주보고 있는 테이블이 눈에 들어온다. 잠시 호흡을 가다듬기 위해 이번에는 내가 나의 이야기를 먼저 시작했다.

나의 경우 당초 계획하지 않았던 외국 생활에서 대학, 대학원을 졸업

하고 골드만삭스Goldman Sachs라는 회사에 컨설턴트로 취업하는데 성공했다. 소위 '잘 나가던' 샐러리맨을 그토록 괴롭힌 감정은 허전함이었다. 그 허전함의 정체는 '나는 누구인가'라는 질문에 대한 '아직도 알수 없음'이라는 답변이었다. 그 질문에 대한 답변을 듣기까지 많은 우여곡절 속에서 나 자신과 힘들게 씨름을 하면서 사회생활을 해야 했다.

이 문제가 나의 청소년기와 이어져 있음을 나중에야 알게 되었다. 나는 18살에 도미(渡美) 유학을 가는데 돈이 많아서 간 것이 아니다. 어린 시절에 테니스를 배웠는데 실력이 좋아 서울에 있는 한 고등학교에 스카우트scout 되어 운동을 계속하게 된다. 그런데 문제가 생겼다.

테니스에는 복식종목이 있는데 당시 코치감독이 운동을 잘 못하는 선수의 부모로부터 돈을 받고 잘하는 나와 복식조를 만들어 대회를 나가게 했던 것이다. 운동선수들에게는 수상 경력이 필요하고 그것은 대학 입학에 매우 중요한 판단 기준이 되기 때문이었다. 이러한 상황을 인지한 나는 어린 나이에 매우 충격을 받았고, 부모님과의 상의하에 운동을 그만두게 된다.

여기서부터 나의 정체성에 대한 고민은 시작된다. 운동을 그만두니까 학생에게는 공부만 남아 있는데 나에게 공부는 운동만큼 잘 되지 않았다. 대한민국 사회에서 오랫동안 유지하던 운동을 그만두고 학업으로 전환한다는 것은 엄청난 무게의 콘크리트 블록을 머리에 이고 사는 것과 같다.

방황하는 시간은 점점 늘어나 이때부터 늘 불안한 심리 가운데 계속 고민하게 된다. '어떻게 하지? 내 인생을...' 그런데 그 당시 마침 외삼촌이 미국에서 사업을 하고 있었는데 일할 사람이 필요하게 되어 길고 긴 가족회의 끝에 내가 가는 것으로 결정이 내려졌다. 이것이 나의 청소년기의 '나는 누구인가'에 관한 유일한 기억이다.

영화심리치료

나는 마지막으로 국내에서 상담학을 전공하면서 학력을 마감했다. 세부 분야로 영화심리치료 관련연구를 했다. 영화를 이용한 치료는 1990년대 미국에서 사회복지, 간호, 임상병리학의 전문가들이 상담을 할 때 영화를 활용하는 방법을 찾으면서 시작됐다. 오늘날 영화는 다른 매체와는 달리 현실과 다른 차원의 세계를 반영하는 효율성과 대중들에게 공급하는 다양하고 광범위한 수단, 그리고 대중들의 시선을 끌어당기는 흡입력 등으로 영상 심리 치료 차원에서 지금까지 알려진 그 어떠한 심리치료 기술보다도 심리 상담계통에서 주요 관심사가 되고 있다.

영화심리치료는 국내에서 아직까지 대중화하기에 갈길이 멀어 보인다. 영화심리치료를 연구하는 학자들도 드물고 일반영화치료기반으로 하는 상담사 또한 드물다보니 실험 수준이거나, 실질적인 상담 사례들과 그 효과들이 알려져 있지 않다. 미술치료, 음악치료는 꾸준히 상담 실적들이 누적이 되어 보편성을 확보하고 지금은 예술치료 영역으로 자리를 잡고 있는 상황이다.

어쨌든 영화치료란, 심리치료의 수단으로 영화를 활용하는 방법을 포괄적으로 말하는 치료 기법이다. 내담자 뿐만 아니라 일반인들도 영화와 드라마에 대한 접근성이 좋기 때문에 치료에 대한 자발적 동기 부여가 되고, 영화를 보면서 자신을 결합하여 현실과 상상을 오가며 현재 자신이 맞닥뜨린 문제와 결합이 된 감정을 탐색하고 상담사와 논의한다.

영화치료를 연구하게 된 동기motive는 개인적으로 커뮤니케이션communications 과 영화를 학부와 석사과정에서 공부한 이유도 있지만, 비교적 최근에 등장한 여타 치료 방법보다 상대적으로 효과적인 치료 방법 중 하나이기 때문이다. 영화가 상담을 돕는 보조적인 도구 중 하나로 사용되던 이전과 달리, 영화심리치료에서는 영화를 더 적극적으로 활용하여 내담자의 치료를 이끌 수 있다.

상담을 하다보면 내담자를 위해 비교를 하거나, 다른 상담사례를 인용하거나, 집단 상담을 통해서 옆자리에 앉은 다른 내담자의 호소를 듣는 경우가 왕왕 있는데, 이런 경우 잘못 인지하면 본 내담자가 재차 마음의 상처를 입는 사례가 발생한다. 그에 비하여 영화 속의 등장인물들은 또 다른 보조 치료자이거나 훌륭한 케이스 사례가 될 수 있다. 즉, 내담자에게 안전하다는 뜻이다.

영화심리치료를 진행하는 동안 영화 스토리에 대해 토론하고 자신의 삶에 대입하면서 자신만 그 문제로 고통을 받는 것이 아님을 알게 되고, 어떤 경우 자신과 등장인물 사이에서 동일시를 느끼고 스스로 자신을 치유하게 되면서 심리적인 위로를 받게 된다.

어떤 상담사들은 사람을 인지, 행동, 정서 등 세 가지 영역으로 구분하였을 때 영화심리치료는 인지적 및 행동적으로도 많은 도움을 주지만, 특히 정서적 통찰의 영역에서 매우 효과적이다 라는 주장을 한다. 이는 영화 속의 삶의 이야기가 나의 이야기로 재생산되어질 때 영화는 사람들의 삶 그 자체로 다시 살아나기 때문이다.

잠시 호흡을 가다듬기 위해 오른편으로 가던 몸을 돌려 다시 원래 자리로 돌아온다. 내가 걷던 길이 복도인지 방안인지 분간을 못하겠다. 어느새 컵 안의 커피는 자신의 열기를 다 소진하고 그냥 그렇게 컵 속에 얌전히 누워있다. 다시 한 번 마음의 지도를 펼쳐보자. 아직도 찾아야 할 방이 멀리 있는 듯하다.

이성미 전 학원장과 함께 슈퍼비전 과정을 진행하는 동안 내용도 그렇지만, 계속 나의 마음 한편에서는 '어떤 힘'이 온갖 고난을 이겨내고, 학원사업 분야에서 우뚝 설 수 있도록 도와주었는지에 대해 해답을 찾으려고 노력했다. 그래야 다음 체크 포인트에서 만나게 될 수빈이와 이성미 전 학원장과의 신뢰 관계가 그렇게 오랫동안 유지될 수 있었는지 이해 할 수 있기 때문이다.

나는 이성미 전 학원장을 최근에서야 알게 되었다. 나는 연세대학원에서 영화치료를 활용한 상담학을 연구했고, 이성미 전 학원장은 이화여대대학원에서 상담심리를 전공한 후 바로 센터를 설치하여 활발한 상담을 시작했다고 한다. 학교에서 만날 일은 없었다.

이성미 전 학원장을 알게 된 것은 학회에서 개최한 학술 세미나가 있었는데, 다양한 상담사들과 교류하기 명함을 교환하다가 그녀가 합류하면서 알게 됐다. 그 후 각자 본인들의 일로 정신없이 바쁘게 지내다가 나중에서야 그녀가 상담센터를 오픈했다는 것을 알게 되었고, 이후나에게 슈퍼비전을 요청하게 된 것이다.

또다시 똑같은 궁금증이 머릿속을 헤집고 돌아다닌다. 가난한 신학생과 결혼을 하고, 딸과 아들과 함께 낯선 지방 소도시에서 학원사업을 벌이고, 40세가 넘어서 대학원 과정에 입학하여 상담사 자격을 취득한 저력은 도대체 어디에서 오는 것일까? 또한 상담학 전공 교수들도 평균 6~7년이 걸리는 상담센터를 불과 1년 만에 오픈하여 상담 활동을 할 수 있는 힘은 어디서 오는 것일까? 우리나라에서 아직도 보이지 않게 남과 여라는 편견이 존재하는 데, '중년'과 '여성'이라는 이중의 편견을 이기고 상담 분야에서 활동하려고 하는 원동력은 어디에서 오는 것일까? 그런데 의외로 나는 그 해답을 빨리 찾은 느낌이 들기 시작했다. 그 해답은 한마디로 '갈증'이었다.

"아, 더 갈증을 느끼셨다는 것이군요."

"왜냐하면, 이렇게 얘기하면 어떻게 받아들여질지는 모르겠지만, 상담을 배우는 이론이나, 어떤 것들은 실제의 사건들과는 너무나 거리가 멀었어요. 그리고 제가 어떤 사건에 대한 간략한 아웃라인을 열어 놓았을 때, 교수부터 학생들까지 "어떻게 그런 일이 있을 수 있어요? 잘 납득이 안가네요..." 이렇게 단순하게 대답을 하는 거예요. 어느 교수가 그것에 대해서 이론적으로만 말하는 것을 보고, 제가 오히려 입을 다물게 되었어요. 제가 이런 얘기를 했을 때, 그분들은 이 일을 담을 그릇이 아니라는 생각이 제게 들었고, 다니면서 제가 경험했던 아이들에 대한 얘기는, 아이들에게 더 상처를 줄 것 같다는 생각이 들어서 입을 다물어 버렸어요. 그리고 나서 황박사님을 만나면서 제가 센터를 오픈하겠다는 10년 전의 마음이 다시 생겼고, 제가 처음에 목표로 했던 그런, 정말, 이 땅의 많은 아픈 아이들, 물론 저는 그것보다 아픈 아이들을 많이 봤었지만, 그런 아이들을 상담하면서, 그런 아이들에게 조금이라도 희망을 주자, 소망을 주자라는 마음, 물론 빙산의 일각이겠지만, 시작하는 마음에서 그렇게 같이 센터를 열게 된 거죠."

상담은 내담자들에게 문제 해결뿐만 아니라, 문제 예방, 발달, 성장을 위한 전문적인 도움을 제공하는데 이는 상담사에게도 마찬가지로 해당된다고 한다. 그런데 나는 대학원에서 공부를 할 때, 놀랍게도 내 주변에서 상처받은 내면을 가진 사람들이 자기 치유의 목적으로 '상담'을 공부하고 있는 것을 알게 되었다.

상담학을 공부하는 이유

각 상담사들이 상담학부 과정에 입학하여 왜 상담을 공부하게 되었는지 동기motive를 꼼꼼히 살펴보아야 하는 이유는, 상담자 스스로 동기를 알고 있다면 향후 '상담자 발달'에서 중요한 원동력이 되기 때문이다.

이와는 반대로 자기 자신을 심리 치료 하려는 목적으로 상담학에 입문한 사람들이 있다. 그러한 분들은 공부를 하는 과정에서 자기 자신의 마음의 문제에 의한 원인을 잘 알지 못하여 감정을 다스리지 못할 때, 같이 공부하는 예비 상담사들과 관계를 만들어가는 과정에서 도리어 지속적이고 반복적인 스트레스를 받게 된다.

마음의 문제에 대한 원인을 심리, 상담학 공부를 통해서도 해결을 하지 못한 과정을 겪는 예비 상담사는 정서적 소모감과 무기력을 유발하며 결국 감정적인 소진을 경험하기도 한다. 하지만 결핍에 의한 동기가 있다고 하여 상담전문가로 성장하지 못하는 것은 아니다.

비슷한 예로 집단 상담을 실시했던 선배 심리 상담사들의 경험에 의하면, 예비 심리 상담사들이 개인적으로 갖고 있는 고통, 결핍 그리고 불안한 감정들이 오히려 전문가로 성장하는 촉진 원인으로 작용하고, 이들이 늘 가족들과 살면서 갈등이 발생할 때 자기 내면의 중요한 부분을 알게 하고, 나아가 개별화되고 독립적인 자신만의 정체성 형성에 영향을 준다고 말한다.

그러나 어떻게 됐든지 마음에 상처가 있는 예비 상담사들은 상담을 공부하는 것 자체가 힘들다. 따라서 상담학 교수들은 상처받은 학생들의 개인적인 욕구를 파악하고 그들을 교육하는 과정에서 스스로 돌보는 기회를 제공하는 것이 중요하다. 즉 예비 상담사들에게 상담학을 배우는 동기에 대하여 왜? 라는 끊임없이 질문을 던지고 그 답변에 대한 이해가 필요하다는 것이다.

결론적으로 상담학 교수들은 교육 초기에 상담에 대한 전문적인 지식과 더불어 상담학과 학부생들의 상담학 입문 동기에 대한 질문을 꾸준히 던져야 하며, 그것을 예비 상담사들 스스로 다룰 기회를 충분히 제공할 필요성이 있다. 그렇다고 하더라도 자기치유의 목적이 없는 예비 상담사들조차 교육과정에서 혼란을 경험하는 것은 마찬가지이지만 질문이 없는 것보다는 질문이 있는 것이 자기 성장에 도움을 준다.

나의 지나간 경험으로 볼 수 있듯이 나는 스스로 조절할 수 없는 상황 속에서 정신없이 세상을 살아왔는데, 이러한 정신없는 모습이 평소에는 겉으로 잘 드러나지 않는다. 하지만 상담학의 특성상 수업 시간이나 전공 서적을 통해 자신의 어떤 부분이 계속 건드려지는 것을 경험하게 된다. 그러다가 교육과정을 이수하고 사회에 진출하여 상담자로서 경험이 시작되는 시점에서 자신과 비슷한 내담자, 가족 안에서 갈등 인물과 유사한 내담자, 상담진행이 어려운 내담자를 만나면서 내가 잘하고 있는지 도저히 감을 잡을 수 없는 위기에 다다를 때 정신없는 감정이 겉으로 드러나게 된다.

이미 마음에 상처를 받고 대학원 과정에 입학한 초심 상담사들은 강의실 교육과 슈퍼비전 과정을 통해서 자신이 알몸을 보이듯 드러나는 체험을 하게 되고, 보고 싶지 않은 자신과 마주하는 연습을 재차 시도하면서 개인 인생에서 자기 자신을 찾고 성장하고 있다. 상담사로서, 개인적인 인생에서도 성장을 한다. 어쨌든 이것은 상담공부와 병행을 하는 석·박사 수준의 교육에서 해결 가능한 방법이다.

나와 슈퍼비전을 진행했던, 사회생활을 처음 시작하는 상담사들이 공통적으로 감정의 혼란스러움을 갖고 있는 것을 많이 보았다. 소위 나는 인성이 좋은 사람으로서 내담자들을 상담해야 하는데 상담할 자격이 없는 적절하지 못한 내가 현재의 나를 힘들게 하는 것이다. 상담 수업과 전공 서적을 읽는 과정에서 일어나는 감정의 건드려짐, 혼란스러운 감정들은 개인적으로나 전문가로서 자기발달에 혼란을 주게 마련이다. 이성미 전 학원장도 마찬가지이다.

이성미 전 학원장의 가족력이나 다른 경력은 알지 못한다. 설령 안다고 하여도 내담자의 개인정보에 관련 된 것을 공개할 경우에는 반드시 동의를 받아야 하고, 사실상 공개 자체를 할 수가 없기 때문이다. 상담사는 내담자의 개인정보를 철저히 보호해야 한다. 물론 그것이 상담윤리 헌장의 제일의 덕목이긴 하다.

'...항상 맑은 물이 솟아나는 샘과 같은 심리적 힘을 가지고 있는 사람들이 있다. 이 사람들의 공통적 특징은 '하늘이 무너져도 솟아날 구멍이 있다'는 신념을 갖고 있다는 것이다. 이들의 마음속에는 '마르지 않는 샘'이 있기 때문이다. 비록 많은 사람들이 와서 물을 퍼가 저녁에는 물이 다 떨어지지만 염려할 필요가 없다. 밤을 지나고 나면 다시 맑은 물이 고일 것이라는 것을 믿고 있기 때문이다.

....

대조적으로 '밑 빠진 독'과 같은 심성을 가지고 있는 사람들도 있다. 이들은 아무리 낮에 열심히 물을 길어다 붓지만 아침에는 빈 독만 남아있는 것을 보고 좌절한다. 그리고 다시 낮 동안 쉬지 않고 독 안에 물을 부으려고 한다. 그리고 다시 밤사이 물이 빠져나간 빈 독을 보고 좌절하는 일을 반복한다. 마치 신화에 나오는 시시포스의 운명을 매일 되풀이하면서 살아간다. 이들에게는 자신이 원하는 일이 무엇인지에 관심을 쏟을 여력이 없다. 매일 다른 사람으로부터 인정을 받아서 독에 물을 부어야하기 때문이다. 그야말로 '속 빈 강정'과 같은 삶을 살아가게 된다. 당연히 마음속에서 우러나는 참된 기쁨을 모르고 살아가게 된다...'
                              - 주간경향. 2019. 07. 29. 한성열 고려대 심리학과 명예교수

슈퍼비전

고민으로 힘들 때? 자기 자신을 찾아야 한다. 어렵게 말해서 자아정체성을 회복해야 한다는 말이다. 그러면 나와 상담을 하는 상담사들은 이렇게 답한다. '상담사가? 왜에? 내가 상담사인데? 누가 누구보고

자기 자신을 찾으라고 하나?'

　누구인지 답을 내도록 안내하고 코칭하는 것이 상담사 임무이기도 하지만 내담자와 상담을 하다가 내담자들의 마음이 차곡차곡 쌓이다 보면 내담자에게는 '전이transference'[2]현상과 상담사에게는 '역전이countertransference'[3]현상이 벌어져 상담사의 마음속에서는 여러 가지 감정들이 심한 충돌을 일으키게 된다. 그럴 경우 경험 많은 상담사에게 상담을 받는 것이 슈퍼비전supervision이다. 슈퍼비전은 상담에 대한 이론적 지식과 상담경험이 상대적으로 풍부한 전문가가 이러한 부분이 부족한 상담사를 도와 그의 상담 능력의 발전을 유도하는 것이다.

　나는 가끔 내 자신도 그렇지만 주변의 상담사들과 대화를 하다보면 상담사로서 전문성에 대하여 논하는 분들은 자주 만난다. 그러나 직업으로서 상담사에 대하여 인식이 부족한 경우를 종종 보게 된다. 이에 대한 이야기는 다음 지면에서 긴 시간을 할애하려고 한다. 이는 오로지 생애주기 측면에서 중년이 되어 이모작을 시작하는 이성미 전 학원장, 그리고 현재 대학생이라고 전해들은 수빈 학생에게 꼭 전하고 싶은 이야기이다.

---

2) 전이transference는 내담자가 자신의 어린시절 중요한 타인에 대해 가지고 있었던 감정을 무의식으로 상담자에게 옮기는 현상.
3) 역전이countertransference는 상담자가 무의식적으로 자신의 해결되지 않는 갈등에서 파생되는 긍정적 혹은 부정적 감정을 내담자에게 옮기는 현상.

아무튼 현재 살아서 움직이는 자신의 정체성이 자기를 기준으로 외부 상황으로 인하여 영향을 받아 변하거나 심하게 훼손되면 갈등이 벌어진다. 이 갈등이 어떤 방향으로 흐를지 그것은 아무도 모른다. 그러나 지도에서 사라져 찾을 수는 없겠지만, 어디서 무엇을 하고 있을 지는 심리적으로 추정할 수는 있다. 본인이 매일 행동하는 습관이 내일 또 반복이 되는 것이기 때문이다. 위치는 오직 본인만 알 뿐이다. 그래서 스스로 나를 찾아야 한다는 것이다.

개별화의 문제점

지금까지 오른편으로 1미터를 잘 왔다고 판단하고 2미터를 좀 더 걸어가 본다. 그러자 갑자기 머리를 스치는 의문점이 검은 공간에서 날벌레처럼 달려든다. 포털사이트 검색창에 '중년여성'이라는 키워드를 입력해 본다. 중년여성이라는 접두어에 원피스, 의류, 의류브랜드, 가발, 시계, 신발, 의류몰, 이야기, 건강 지키는 똑똑한 폐경 극복법, 중년여성의 심리 순으로 다닥다닥 붙어 있다. 이번에는 '중년남성'을 입력해 본다. 중년남성이라는 접두어에 의류, 청바지, 바지, 의류브랜드, 의류쇼핑몰, 올가미 후유증, 폐경기(남성 폐경기?), 돌연사의 주범 심혈관계 질환 바로 알기, 은퇴 후 안정적인 노후를 꿈꾸는 중년남성의 자산관리, 폐암 순으로 다닥다닥 붙어 있다.

우연인지 모르겠지만 포털사이트에서 알려주는 '중년여성'과 '중년남성'의 공통된 관심사는 옷이다! 옷을 입는 다는 것, 자기 자신에게 맞는 옷을 입는 다는 것은 중년 남성과 여성들에게 중요한 정체성 주제이다. 중년이 될 때까지 자기에게 맞지 않은 옷을 억지로 입어야만 했다는 것인가? 유사한 점도 있지만 서로 다른 점이 있다. 중년여성에게는 중년남성에게 없는 중년여성만의 심리가 있다. 이것은 무엇일까? 흔히들 40·50대의 중년기에 이르면 여성들은 위기를 맞이한다고 알려져 있다.

주로 많이 사용하는 용어는 중년여성의 위기, 중년여성의 우울, 빈둥지 증후군 등 용어들은 이미 널리 알려져 있는 단어들이다. 대부분 생리적인 변화를 특징지어 판단한다. 그러나 이러한 중년여성의 위기는 단순히 생리적 변화에 의해서만 일어나는 것이 아니라, 이를 포함하여 자기 자신의 인생 목표와 우선순위 그리고 목표를 향하여 진행되는 정신 흐름 속에서 '중년여성의 위기'가 나타난다고 해석하는 것이 맞다.

물론 내 앞에 앉아서 잠시 창밖을 응시하고 있는 이성미 전 학원장이 중년 여성의 위기를 겪고 있다고 판단하고 중년남성의 잣대로 진단하는 것은 절대 아니다. 단지 이성미 전 학원장이 표현한 '갈증'이 신체적 변화에 영향을 받은 정신적인 '갈증'인지, 아니면 자기 자신의 인생목표를 향한 중간평가에서 재평가를 내린 마음의 '갈증'인지 궁금하기 때문이다.

정신 분석학자 칼 융Carl Jung은 이러한 현상을 개별화individuation의
문제점으로 인식한다. 개별화에 대한 이야기는 정체성의 왜곡 지면에서
우리나라의 가부장제가 기독교 신앙과 결합이 되었을 때 나타나는 사
례를 통해 좀 더 전문적으로 자세히 설명을 하도록 하겠다. 왜냐하면
개별화individuation는 이성미 전 학원장처럼 인생을 재조명해야 하는 위
치에 있는 분이나 수빈 학생처럼 정체성이 파괴되고 난 다음, 치유과정
으로서 자아정체성 회복을 하기 위한 촉매제가 되기 때문이다.

중년여성의 위기 감정은 실질적으로 벌어지는 정서적인 갈등 또는 위
기에 가깝다. 즉 소외 및 불행, 허무, 권태, 자기 혐오감 등 다양한 감정
들이 혼합mix되어 나타난다. 융이 말한 개별화 과정과 중년의 정서적
위기는 각각 존재하는 것이 아니라 일상생활에서 겪는 여러 가지 생활
사건들에 의해 영향을 받는다. 관련 학자들의 연구 키워드를 일일이 모
아 보면 직업·결혼 만족도, 교육·경제적 수준, 성역할 수행 등 여러
가지 원인들로 구성되어 있다. 이러한 원인들이 중년여성의 인생 이모
작과 변화를 위한 시도에 열심히 작동하고 있다.

그런데 정서적인 위기감은 그리 걱정할 일은 아니다. 중년여성의 폐경
기간 동안 벌어지는 사건들은 어쩌면 인생 이모작과 같은 새로운 활동

과 새로운 목표 성취의 에너지로 작동할 수 있기 때문이다. 따라서 이성미 전 학원장은 내가 자기 진심을 알아주기를 바라고 있으므로 난 열심히 알려고 노력하고 있는 중이다. 그리고 본인이 원한다면 계속 해결책을 함께 논의할 것이다. 그러나 결론부터 먼저 말하자면 자기 자신을 지킬 사람은 이성미 자기 자신, 스스로 자기 삶을 지키는 것이다. 그것이 정체성에 대한 답이다.

이 글을 정신없이 쓰는 동안 마침 '칠드런 액트The Childern Act'라는 영화가 집 근처에서 개봉을 하여 다 내려놓고 번개처럼 관람을 하러 달려갔다. 내가 정말 좋아하는 엠마 톰슨Emma Thompson이 피오나 메이 역으로 주연을 맡았기 때문이고, 게다가 남편 잭 메이 역할로 스탠리 투치가 열연을 했기 때문이다. 스탠리 투치Stanley Tucci는 다름 아닌 '킹스맨Kingsman'에서 완벽에 가까운 조력자의 모습을 보여준 배우이다.

영화 첫 장면은 이렇게 시작한다. "내 이름은 피오나 메이My name is Fiona May." 이해되는가? 그렇다. 이 영화는 중년여성의 정체성에 대하여 그려낸 영화이다. 게다가 영국의 거리와 건물이 아주 잔잔하게 배경으로 묘사되어 파스텔 톤의 색조가 영화의 전반을 지배하고 있다.

영화의 줄거리를 간략하게 설명하면 이렇다.

주인공 피오나는 직업이 판사이다. 직장에서는 물론 존경받고 업무 스타일은 100% 워커홀릭workaholic이다. 그러나 가정적으로는 무진장 소홀해서 남편 잭이 '계속 이러면 바람을 피울 것이야'라고 외쳐도 피오나는 설마 그러려니 무관심하다. 그러다가 정말로 남편이 잠시 집을 나가게 되자 그 때 드디어 잔잔한 감정의 바다에 잔 물결이 치기 시작한다.

영화 스토리는 그 감정의 혼란이 무엇인지 구체적으로 설명해 주지 않는다. 우리는 느낌으로만 알고 있다. 그 느낌은 각자의 몫이다. 피오나 판사는 마침 그 때 재판을 맡은 사건의 판결을 위해 해당 소년 애덤의 생사를 알고자 병원에 직접 방문한다. 여호와의 증인이라는 종교적인 신념으로 수혈을 거부하던 애덤은 피오나 판사와의 만남으로 인해 수혈을 받고 살아나게 되고, 새로운 예술 세계, 즉 시를 알게 된다. 그리고 예이츠를 탐독하면서 본인도 시를 쓰기 시작한다. 부모와 함께 공유한 종교성이 아는 것의 전부였던 소년에게 예술이라는 새로운 세계를 알게 해준 피오나 판사는 소년의 새로운 우상이 되고, 소년 애덤은 그녀를 따라다니면서 새로운 세계를 차례로 경험한다.

흔해 빠진 반전이나 해피엔딩을 기대한 관람객들에게 영화의 결말은 무척 슬프다.

소년 애덤의 선택은 가슴을 아프게 하면서 나도 모르게 눈물을 흐르게 했다. 잔잔하게 흔들리는 기차 안에서, 차창 밖으로 지나가는 영국 들판의 서정적인 풍경을 배경삼아 애덤의 쓴 시를 읽는 엠마 톰슨이 얼마나 우아했는지 모르겠다. 어떤 베테랑 배우가 엠마 톰슨만큼이나 중년의 우아함과 카리스마를 함께 표현해 낼 수 있을까.

　어쨌든 영화 감독은 소년 애덤의 죽음 이후 피오나가 어떻게 판사 업무를 수행하면서 생활했는지, 무늬만 부부였던 잭과 어떻게 살고 있는지, 죽은 애덤에 대한 추억을 늘 회상하면서 살고 있는지 친절하게 알려주지 않는다. 단지 일에 파묻혀 지내던 중년 여성의 감정선(線)이 미묘하게 자극을 받고 교차되면서, 잊고 있었던 감정을 다시 살려낸 피오나의 모습을 응시하고 있을 뿐이다. 감정은 살아남은 자의 소유물이다.

　칼 융Carl Jung은 참으로 멋진 말을 남겼다.

　"우리는 인생의 오후를 인생의 오전 프로그램에 따라 살 수 없다. 왜냐하면 아침에 위대했던 것이 밤에는 보잘 것 없어지고, 아침에 진실이었던 것이 밤에는 거짓이 되기 때문이다."

직업에 대한 정체성

 이제야 오른편으로 끝까지 왔음을 알았다. 어두컴컴한 공간에서 더듬더듬 거리니까 벽이 느껴진다. 복도인줄 알았는데 커다란 방으로 짐작이 된다. 울림이 큰 것을 보니 비교적 큰 방으로 짐작이 된다. 수빈이라는 학생이 있는 곳은 어디일까? 어디에다가 꼭꼭 숨겨 두었을까. 아직도 수빈이의 기척은 느낄 수 없다.

창밖은 비릿한 내음이 가득한 데 하늘에서 조금씩 빗방울이 유리창에 내려앉기 시작한다. 카페의 벽에 달린 모니터에서 청와대 대변인의 브리핑이 나오고 있다. 얼굴을 들어 바라보니 며칠 전 이미 발표한 내용을 다시 보여주는 것이다. '북한은 헌법과 우리 법률체계에서 국가가 아니다. 따라서 북한과 맺은 합의나 약속은 조약이 아니다'

대변인은 대통령이 적어 준 내용을 카메라와 기자들 앞에서 한 글자도 빠짐없이 또박또박 읽고 있다. 그게 대변인의 역할이다. 그 역할로 월급을 받는다. 목사는 왕이신 예수 그리스도가 하신 말을 기록한 성경을 그대로 읽어야 한다. 예수 그리스도의 말씀이니 한 글자도 틀리지 않게 읽고 성도들이 이해하기 쉽게 잘 전달해야 하는 직업이 목사이다. 글자만 읽을 줄 알면 목사 직업을 수행하고 월급을 받고 살 수 있다. 스님도 마찬가지이다. 석가모니의 경전을 잘 해석하여 전달하여야 한다. 그런데 몇몇 종교인들이 왜 사람들로부터 비난을 받을까. 그것은 일반 사람들이 인식하는 종교인의 모습과는 달리 일부 다른 마음을 갖고 다른 태도를 보이고 있기 때문이다.

종교인들의 탈선을 우리는 굉장히 복잡한 감정을 가지고 불편한 시선으로 본다. 왜 그럴까? 우리가 인지하고 있는 종교인들의 마음이 머무는 장소와는 달리, 탈선 종교인들의 마음은 다른 곳에 있기 때문이다. 최근 여신도 수십 명을 강제 추행한 성범죄를 저지른 목사가 방송 뉴스에 자주 거론 되었다. 그 목사는 교회에 출석하여 앉아있는 여성들을 성범죄의 대상으로만 보고 있다. 또한 부자세습으로 논란이 되고 있는 대형교회 목사는 교회에 출석하여 앉아 있는 성도들을 하나님의 세계로 인도해야 할 어린 양으로 보지 않고 돈으로 보고 있다.

다른 교회에 비교하여 보다 상대적으로 규모가 작고 수입이 적은데 과연 자기 아들에게 물려 줄 생각이나 할 수 있을까? 매년 반복되는 불교 조계종의 계파 싸움도 결국 종단의 권력과 돈이 관련이 있다. 목사와 스님들, 종교인들이 자기가 누구인지 안다면 그리고 자기 직업이 무엇인지 안다면, 과연 마음을 세속적인 곳에 둘 수 있을까? 결국 정체성 문제이다. 중이 염불보다 잿밥에 관심이 있다는 속담은 지금도 계속되고 있다.

직업과 일

대학원 상담 관련 수업에서도 전문직업인으로서 상담사는 수입이 적다고 교수들은 절대 가르쳐 주지 않는다. 상담을 공부하는 학생들이 앞으로 사회에 나가서 겪게 될 여러 가지 상황에 대하여 교단에서 들어본 적이 없다. 상담학 교수들의 마음은 상담이론을 어떻게 하면 효과적으로 전달하고 다양한 사례를 제공하여 학생들의 성장과 발달에 주력을 하는데 있다.

그러나 상담학 교실 밖으로 나가면 상담 활동을 어디서 누구와, 어떻게 해야 하는지 부딪혀야 할 일들이 쓰나미처럼 와르르 밀려온다. 민간자격인 상담사 자격은 어떻게 취득해야 하고, 상담 사무실을 개소를 하기 위해서는 비용이 얼마나 들어가고, 회계는 어떻게 처리해야 하며, 내담자들로부터 얼마를 상담료로 받아야 하는지에 대해서는 애써 외면한다. 학생들은 궁금하면 강의실 밖에서 음료수 잔을 들고 친구들과 도란도란 이야기 하면서 낮은 목소리로 전하고 또 전해 듣는 파편적인 이야기를 서로 교환해야 한다.

나는 개인적으로 해외에 있다가 국내에 들어와서 아직도 적응이 잘 안 되는 부분이 있다. 그것은 노동의 대가로 보수를 받는 것에 대해서 당당하게 표현하지 못하고 애써 감추려고 하는 우리나라의 정서이다. 보수 금액의 많고 적음으로 그 직업에 대한 가치를 매기고 평가하는 사회 문화적인 분위기가 좀 더 바뀌었으면 한다. 직업의 정체성 측면에서 볼 때 직업에 대한 가치는 보수 금액의 많고 적음으로만 판단할 것이 아니기 때문이다. 당신은 당신의 직업으로 행복한가?

우리는 일반적으로 상담을 업(業)으로 하는 사람을 상담사, 상담가라고 지칭하고, '상담'이라는 명사(名詞) 앞에는 행위에 대한 구체적인 대상과 목적을 나타내는 명사들을 결합하여 사용하는데 여기서는 '심리 상담'을 직무로 하는 상담사, 상담가를 말하고자 한다.

직업을 '전문직으로서 직업'으로 한정해 보자. 한편 직업과 일(노동. work)의 뜻을 혼동하여 사용하기도 하는데 직업은 개인이 특정한 일을 지속적으로 하는 경우이고, 일은 모든 직업에서 그 직업을 수행하기 위한 모든 정신적 육체적 활동을 총칭하는 뜻이다.

전문적인 직업으로서 '상담 전문가'를 논할 때 자격제도를 빼놓을 수 없다. 해외에서 판단하는 자격제도의 중요한 기능은 직업능력을 소지한 개인의 인적 자산에 관한 정보를 노동시장에 제공함으로써 교육과 노동시장을 연결하는 것이다. 그러나 우리나라의 자격제도는 현장직무수행능력을 보유하였음을 인정하는 증명서보다는 해당 직무에 종사할 수 있는 최소한의 능력을 보유한 것으로 인식되거나 학력의 보완재로서 인식되고 있어 자격의 신호기제sign 역할이 매우 미약한 실정이다.

국내의 심리관련 상담사 자격은 대부분 민간자격이다. 민간자격을 운용하는 관련 학회마다 명칭이 조금씩 다르지만 상담심리학회는 상담심리사, 상담학회는 전문상담사, 기독교상담심리학회는 기독교 전문상담사라고 칭한다.

내담자에 대한 이해나 평가를 넘어 내담자의 실제적인 변화와 성장을 이끌어내는 전문 상담자의 역량을 상담 전문성의 핵심이라 믿는다. 마음 속 깊은 이해와 활발한 의사소통 기술을 통해 내담자와의 관계를 탄탄히 형성하는 것이 그러한 변화와 성장을 가져오는 핵심요인이라고 강하게 말하고 싶다. 그것이 내가 배운 상담학 원론이다.

심리를 전문으로 하는 상담사의 성장 메커니즘mechanism은 어디서 오는 것일까. 그것은 상담실을 방문하는 내담자와 직접적인 정서적 교류를 하고 친밀한 의사소통을 하면서 생긴다. 이는 매우 깊이 있고 복잡한 인간관계를 형성해야 하는 상담 관계의 독특한 속성에서 비롯된 것이다. 그렇다고 해서 내담자와 도덕적으로나 윤리적으로 벗어난 행동을 해야 한다는 것은 절대 아니다. 어디까지나 신뢰를 기본 바탕으로 해야 온전한 상담이 이루어질 수 있다는 의미이다.

내가 겪은 상담사의 전문직으로서 정체성 형성 과정을 말하자면 이론으로 무장한 가운데서 발생하는 열정, 이론과 현실에서 오는 혼란과 갈등, 상담 후 종결까지 각종 의문과 고민, 실천적인 전쟁터에서 벌어지는 심리전, 그리고 개인 스스로 정체성 형성의 시간을 반복하면서 형성되는 복합적인 과정이다. 한마디로 전문성을 높이려는 개인적인 노력과 직무환경의 다양한 어려움을 극복하며 '전문' 상담사가 되어 가는 것이다.

상담사라는 자격도 하나의 직업이다. 인간은 일을 떠나서 자신의 존재 이유를 설명할 수 없고 일에 대한 대가로 보상을 얻어 삶을 영위해야 한다. 예비 상담사들이 상담사의 활동을 개시한 후에도 자신에 대한 의문과 고민을 지속하고 있다면, 전문직으로서 직업을 가진 인간의 직업 정체성을 구성하는 요소가 무엇인지 찾으려는 노력을 해보는 것이 좋겠다.

대체로 나와 직업에 대한 일체감, 직업에 대한 나의 감정이입 등 몇몇 요인들을 바탕으로 정리해보자. "직업에 대한 사회적 평판이 좋으면 직업에 헌신하고 자부심과 사명감을 지님으로써 직업에 대한 정체성이 형성되고, 직업정체성이 높은 사람들은 궁극적으로 직업을 삶의 목적으로 삼거나 동일한 직업에 오랫동안 종사할 가능성이 높다." 상담사들과 비슷한 직무를 수행하는 직업을 비교하여 살펴보면서 상담사의 마음의 위치를 찾아가 볼 수도 있겠다. 나는 아직도 캄캄한 방에서 더듬거리고 있다. 나의 내담자 이성미 전 학원장은 아직도 자신의 모습을 드러내지 않는다.

지금 내 앞에 앉아 있는 내담자의 정체성을 찾아보자. 나의 성실한 내담자는 상담사로서 다양한 형태의 갈등과 고민을 극복하면서 자신의 정체성을 형성해 나갈 수밖에 없다. 게다가 일반적으로 상담 계통에서 일하는 상담사들은 자기 자신들의 마음의 갈등을 드러내는 부분에서 오히려 내담자들에 비해서 미숙한 모습을 보이기도 한다. 상담사들의 혼란과 마음의 어려운 갈등과 고민을 해결하는 과정은 내담자가 정체성을 확인해 가는 과정과 유사하거나 더 어려울 수 있다.

상담사의 정체성은 늘 아메바처럼 변신을 하려고 한다. 콘크리트 아파트처럼 고정된 것이 아니다. 왜냐하면 자기 자신의 처한 상황이 그때 그때 다르기 때문이다. 사회의 다양한 상황이 나에게 의미 있게 다가온다면, 그리고 스스로에게 의미가 되어 만들어진 무엇인가가 한 개의 구슬이 되고, 다음 두 번째 구슬이 어떤 형태로든지 모여져 알알이 염주처럼 꿰어지는 과정, 그것이 정체성의 핵심 요인들로 변화하기 때문이다. 또한 우리가 알거나 습득한 지식들이 증가하거나 변화하면 우리 내부의 신념과 기조는 영향을 받거나 변형되기도 한다.

상담자의 정체성

상담사는 내담자와 라포rapport 형성을 위해 경청을 잘 해야 한다는 조언을 참 많이 듣는다. 상담사 직업을 수행하면서 막연한 마음으로 앉아서 내담자를 잘 경청해야 한다는 압박감으로 열심히 경청만 한다. 그것이 과연 상담사의 직무일까 생각해보자. 또한 막상 상담사 본인은 강한 멘탈을 소유하고 있지 않은데 무지막지한 내담자의 삶에 의한 마음의 고통을 어떻게 경청 만 할 수 있다는 말인가. 상담사에게는 상담 현장이 지옥이 될 것이다.

상담사는 일터에서, 업무를 수행하는 과정에서 경험하는 내담자와 상호 작용을 하고 다른 상담사들과 상담 노하우를 공유하며, 스스로 자기 성찰 및 외부 자료 탐색 등 정규 교육 바깥에서 벌어지는 비정규 학습의 필요성이 빈번하게 발생한다.

상담사들의 직업에 대한 소명의식이나 자율성, 신념 등은 비정규 학습에서 발생하며 전문직으로서 정체성을 구성하는 요소가 된다. 상담학 교실에서 정규 교육으로 이루어지는 것이 아니다. 그 결과 급변하는 사회 환경을 반영하는 역동적인 업무환경에서 내담자와 상담에 어려운 문제가 발생했을 때 두려워하지 않고 알고자 도전하는 기질이 전문직 정체성에 바람직한 영향을 미치게 된다. 알고자 도전하는 기질이란 쉽게 말해서 죽기 아니면 까무러치기이다.

'멘탈리스트The mentalist'라는 드라마가 있다. 브루노 헬러 제작, 미국 CBS에서 방영한 드라마인데 2008년도에 시즌1로 시작하여 2015년도에 시즌7로 마감하였다. 주연배우는 사이먼 베이커Simon Baker가 패트릭 제인 역으로 분하였다. 우리나라에서도 방영을 하여 꽤 오랫동안 높은 시청률을 보인 드라마이다.

나의 경우 이 드라마를 재미있게 시청한 이유는 드라마 제목이 멘탈리스트mentalist라고 정해져 있었지만 사실 주연배우의 극중 역할은 수사관들의 범죄 수사를 지원하는 카운슬러counselor였기 때문이다. 드라마의 성격이 범죄 수사인데도 주연 배우는 총 한 자루, 총알 한 방 사용하지 않고 오로지 범죄자들의 심리 분석을 통해 행동 패턴을 예측하여 수사관들에게 통찰력을 제공해주는 역할이기 때문에 더 흥미로웠는지도 모른다. 물론 주연 배우인 사이먼 베이커의 미소는 덤이다.

멘탈리스트mentalist의 우리나라의 사전적 의미는 유심론자이다. 사실 '멘탈리스트'라는 단어는 일상생활에서 잘 쓰이지 않는 단어라서 드라마에서 활용되는 의미와 직역의 의미가 좀 차이가 있어 혼돈을 일으키기도 하므로 주의해야 한다. 아무튼 '멘탈리스트'를 직역하면 유심론자이다. 유심론(唯心論)은 유물론과 서로 대립하는 단어인데 주로 철학적인 용어로 사용한다. 의미는 간략하게 말해서 만물의 궁극적인 존재는 비물질, 정신, 생명적인 것으로 생각하고, 그에 의하여 물질적 비생명적인 것은 한가지로 설명할 수 있다는 철학적 입장을 말한다.

드라마에서 나오는 멘탈리스트 패트릭 제인은 섬세한 정신적인 추정과 제안을 하는 사람, 또는 심리주의자, 독심술가, 혹은 사람들의 사고와 행동을 잘 조종하는 사람으로 나타나고 있다. 흥미로운 것은 패트릭 제인이 마술사 출신이라는 설정을 하여 멘탈 매직에서 사용하는 노하우들을 범죄수사에 활용하는 모습을 종종 보여주고 있다는 것이다. 우리나라의 마술사로 알려진 최현우씨도 스스로를 칭할 때 '멘탈리스트', '멘탈 마술사'라는 호칭을 사용하기도 한다.

아무튼 극중에서 패트릭 제인은 동료 수사관들을 협조하거나 범죄인의 심리를 이용하여 추격 직전까지 수사관들을 안내해 준 다음 체포할 수 있도록 도와준다. 직접 범인을 체포하지는 않는다. 범인 체포는 수사관들의 역할과 임무이기 때문이다. 아무튼 패트릭 제인은 정신적으로나 상황적으로나 올가미를 놓고 범죄자들을 유도하는데, 패트릭을 피해서 도망을 다니다가 얼이 단단히 빠진 범죄자들은 패트릭에게 늘 질문을 한다. '당신은 도대체 누구요?' 패트릭은 특유의 미소를 지으며 이렇게 늘 이렇게 답한다. '나는 카운슬러counselor다!'

카운셀러와 컨설턴드

내가 종종 만나는 국내의 상담사들은 자신의 역할이 카운슬러 counselor인지 컨설턴트인지consultant 구별을 잘 못하는 경우가 왕왕 있다. 이는 해당 상담사가 자신의 정체성에 대하여 혼란을 겪는 경우인데, 컨설턴트는 어디까지나 해결방안 즉 솔루션solution을 제공하고, 수행 및 평가하여 피드백까지 순환구조를 이루는 역할 모델이다. 따라서 조직 내 사람이기도 하고 조직 외부에서 초빙을 받아 임무를 수행하기도 한다. 그러나 상담사는 내담자의 역할과 미래를 대행하지 않는다. 오로지 심리 대화를 통해 숨겨진 마음을 끄집어내어 좋은 방향으로 안내하거나 내담자 스스로 본인의 사람의 역할을 수행하도록 보조하고 조언을 아끼지 않는 직업인이다.

"앞으로 상담을 기업적으로 키우시려는 방향, 계획 그리고, 포부 등... 여러 가지 생각이 있으실 텐데 한 마디 해 주실 수 있나요?"
"저는 수빈이 사건 말고도 많은 사건들을 접하게 된 계기가 있었어요.

초등학생이 임신을 해서, 유기한 거. 근데 그것을 부모님이 알게 되면서 그 아이 부모님은 어떠한 방법을 모색하는 것이 아니라 쉬쉬하는 과정을 보면서 정말 피해자가 누구인지, 가해자가 누구인지. 가해자조차도 국가로부터 어떤 정확한 교육을 받지도 못하고, 어떤 후속적인 교육이 있는 것도 아니고. 많은 생각들이 들면서 누군가가 이 일을 해야 되는데, 그 일을 하는 사람이 사실은 많이 없어요. 국가가 개입해서 상담사들이 상담만 할 수 있도록 지원해줄 수 있는 상담소를 만드는 게 저의 최종 목표에요. 만약에 국가가 개입해서, 어떤 방향 전환을 하고, 국가가 상담사를 학교 선생님처럼 월급적인 측면이나 경제적인 부분을 책임만 져준다면, 저는 상담사가 상담에만 집중할 수 있는 상담 기관이 될수 있다고 생각해요. 내가 원하는 상담소는 국가가 직접적인 개입을 해서 상담사가 행복하게 상담할 수 있는 상담소입니다. 그리심심리상담소도 그러한 상담소로 만드는 것이 가장 큰 목표입니다.

상담사는 독자적으로 존재할 수 없다는 것을 우리는 이미 알고 있다. 상담을 원하는 내담자가 있기 때문에 존재한다. 상담사는 내담자를 만나면 만날수록 상담사로써 역량이 키워지는 것을 느끼고 정신적으로나 육체적으로 힘들지만 열심히 노력하여 내담자와의 관계에서 또 다른 배움의 즐거움을 느끼기도 한다.

'상담사라는 직업이 계속 해야 될 게 있고, 도대체 언제까지 해야 하나. 완벽할 수 없는 것 같고 끝도 없고, 부족함이 과정 중에 계속 느껴져요. 저라는 사람한테는 삶에서 성장도 대게 중요한 부분인 것 같거든요. 그래서 내가 평생 이 일을 어쨌든 하고 싶다. 제 성장욕구를 채울 수 있는 것 같아요. 끝이 없기 때문에 성장할 수 있어서 이 직업을 평생하고 싶게 만드는 동기인 것 같아요.'

- 허재경, 신영주(2015). 여성상담자의 상담자 전문직 정체성 발달경험에 관한 연구. p626.

전문성이란 현장에서 실천하는 상담사들의 개인적인 속성이다. 어떠한 태도, 가치 및 방향성을 가지는 실천가로서 전문가 모델은 특정한 상담사들이 다양하게 접근하는 꿈과 이상이기도 하다. 이는 상담사가 전문직으로 알려져 있거나 인정받고 있는 전문직의 구성원이기 때문에 높은 전문성을 가지는 것이 아니다. 어떤 직업이 사회로부터 전문직으로 인정받는 것과 그 직업의 구성원이 높은 전문직의 정체성을 갖는 것은 다른 문제이다. 상담사라고 전부 다 전문가인 것은 아니다.

결과적으로 상담사의 전문직 정체성 발달은 결국 상담사가 전문가로 발달해 가는 과정에서 여러 위기를 경험하고 극복하는 과정에서 자기를 이해한다. 그리고 자기 자신을 인정하려는 노력을 증가시키는 등 개인적인 성장이 상담사의 삶에 포괄적으로 적용되는 과정으로 나타난다. 따라서 상담사는 기본적으로 개인적인 성장과 해결하지 못하는 자신의 문제를 다루기 위해 개인분석을 받거나, 지속적으로 자신을 성찰해 나가는 노력을 병행해야 한다.

> '정체성의 위기였던 것 같아요. 개인적으로 행정일도 좋아하고 사업적인 것도 잘하고 만족감도 있었지만 점점 사업을 주도하에 하는 일들이 많아지고 그 일에 치이니까 실제로 내담자를 만나고 내담자에 대해서 고민하고 그런 시간이 적으니까 내가 상담자인가라는 생각이 들었어요.'
>
> - 허재경, 신영주(2015). 여성상담자의 상담자 전문직 정체성 발달경험에 관한 연구. p627.

유홍준 교수는 최근 학술지에 발표한 '한국인의 직업정체성과 직업위세'라는 논문에서 우리나라는 월평균 소득이 높을수록, 직업의 가치에 대해서 비경제적 측면을 중요시할수록 업무 만족이 높으며 본인의 소속 직업군에 대한 상대적인 지위와 권세가 높을수록 직업정체성이 높았다고 보았다. 직업군별로 살펴본 결과에 의해서도 직업 지위가 높을수록 직업가치에서 업무만족 같은 비경제적 측면을 중시하는 것으로 실증적인 결과를 내놓았다.

나의 경우, 상담사는 내담자와의 상담을 통해서 돈을 벌려고 하면 안 된다는 결론을 고민 끝에 내렸다. 오로지 상담사는 인간의 마음의 어두운 이면을 밝게 비춤으로써 변화를 이끌어내는 사람이다. 금전적인 보상을 요구하면서 인간의 내면을 탐색하는 어려운 길을 걷는 다고 주장하는 것은 상담사로서, 스스로 정체성을 혼란스럽게 만드는 자기를 속이는 태도라고 본다. 내담자의 마음의 무게를 달아서 상담료를 차등화 할 수 있는가? 해볼 테면 해보라. 하지만 상담 전후로 발생하는 행정 서류들은 피곤한 몸으로 퇴근하려는 데 발목을 세게 잡는다. 마음의 짐이다.

직업 정체성은 주관적이다. 전문직으로서 상담사는 특수한 상황까지 포함하여 사람을 대상으로 스스로 직업적 전문성에 대해 갖는 주관적인 평가를 의미한다. 청소년을 대상으로 상담을 하는 것을 주로 하면 청소년 전문 상담사가 되고, 치매 노인을 대상으로 주로 하면 노인 전문 상담사가 되겠다. 또한 생애 주기별로 구분하는 것이 아닌 주제별로 구분을 하여 범죄자를 대상을 주로 하면 범죄 전문 상담사가 될 것이고, 성폭력을 대상으로 주로 하면 성폭력 전문 상담사가 될 것이다. 아니면 수면장애를 겪는 마음 환자들을 대상으로 한다면 수면 장애 전문 상담사가 되겠다. 따라서 상담사의 전문직으로서 직업적 정체성은 철저히 주관적이고 고집이 세다. 그 고집을 신념이라고 다르게 표현할 수 있겠다.

자본주의 사회 속에서 좌충우돌 살고 있는 나의 경우, 일은 나의 정체성을 갖게 하는 절대적 요인이고, 이것은 내가 일을 함으로써 성취감을 통한 자아 존중감과 나의 인격의 형성, 그리고 타인과의 만남과 만남을 통한 상호작용이다. 나는 전문직으로서 상담사라는 직업을 사회성을 점차 획득해 가는 과정으로서 판단한다.

2019년도 현재 우리는 수많은 자료와 도서, 인터넷을 돌아다니는 고속, 광역 네트워크에 갇혀 살고 있다. 한마디로 정보의 홍수 속에서 살고 있다. 이 홍수 속에서 상담사들은 자기 자신을 돌아보는 시간과 통찰력을 가지고 주체적인 삶, 주관적인 삶, 주인적인 삶을 찾아야 하겠다.

정체성의 왜곡

 아직 대화의 본문까지 접근도 못했는데 시계의 시침은 다음 칸을 가리키고 있다. 하지만 오른편에서 2미터까지 왔으니 이왕 더 들어가 본다. 어디까지 들어가 봐야 하는지는 아직까지 판단이 어렵다. 깜깜한 방안에 갑자기 반짝하는 불빛이 동그라미를 그리고 있는데 수빈 학생의 목소리가 들린다. 그리고 사라진다. 어느덧 카페의 창문에 길게 빗줄기가 위에서 아래로 흐르고 있었다.

"원장 선생님께서 하나님은 공평하시다고 하셨죠?"
"그럼 공평하시지."

공허하고 적막한 가운데 귀뚜라미 울음소리처럼 낮고 또렷이 들리는 음성이 나의 귓전을 간지럽히고 있다. 하나님은 공평하시다. 그래 맞다. 그 공평하심으로 이 세상을 이 우주를 운영하고 운행하고 계시다. 그런데 왜 하나님의 공의를 의심하고 있을까. 하나님의 공평함이 어떻게 왜곡되었는지.

사람이란 구체적인 이론 근거도 없이 막연히 경험에 의하여 살게 되면 굉장히 미련하게 된다. 그리고 점을 치는 것은 대단히 위험하다. 어쩌다가 한 번 점괘가 맞아버릴 경우, 그 한 가지가 맞은 것을 갖고 전부 다 맞을 것이라는 마음이 생기고 이성은 말려들어간다. 그래서 걸핏하면 점을 치게 된다.

마음은 늘 진실이라는 단어에 머물고 있다. 그러한 진실이란 이론과 실제가 겸해야 한다. 실제로 이번에 신통하게 맞았다고 생각하고 다음에도 점괘가 맞을 것이라고 생각하는 것처럼 미련한 것이 없다. 반드시 이론이 전제 되어야 진리라고 말할 수 있다. 순서대로 진행되어야 이론으로 인정을 받을 수 있다. 즉, 예를 들면 하나님은 전능자이기 때문에 계획대로 이루시는 여호와이시다. 그래서 하나님께서 말씀하신 것은 반드시 결실을 이루게 된다. 그 결실이 예수 그리스도인 것이다. 하나님 말씀하신 것은 안 이루어진 것이 없다. 성경은 바로 그 과정을 기록해 놓은 것이다.

그런데 성경마저도, 성경은 결점이 없는, 무오류의 기록이라고 하면서도 워낙 사람들은 스스로가 오류투성이라서 성경에 기록된 사실을 자주 잘못 해석을 한다. 어떤 신학자들은 이를 두고 인간은 원래 태어날 때 '죄 가운데 구속되었다'라고 표현을 하거나, 다른 신학자들은 '불순종 속에 가두어 놓았다'라고 의미 분석을 한다. 그러나 사람들의 행동에 대한 패턴을 관찰하다보면, 그 원인이 알고 보면 아주 단순한 사실에서 비롯한다는 것을 알 수 있다.

이탈리아의 천재 예술가 미켈란젤로Michelangelo. 미켈란젤로 이름 앞에는 천재라는 수식어가 늘 따라다닌다. 미켈란젤로의 3대 조각 상(像)이라면 피렌체에 있는 다비드 상(像), 성베드로 대성당의 피에타 상(像), 그리고 산피에트로 대성당에 있는 모세 상(像) 등 3대의 조각 상을 지칭하는 데 그중 모세 상은 특이하다. 모세의 머리에 뿔이 2개가 있는 것이다. 관람자로 하여금 고개를 갸우뚱하게 하는 조각상이다.

이에 대한 해석을 몇 년 전까지만 하여도 미켈란젤로의 모세 상(像) 머리 부분의 뿔을 '힘'과 '어떤 강력한 권위'로 해석하는 것이 서양미술 사의 주된 해석으로 받아들여졌다. 그러나 최근 우리나라의 어느 원로목사가 히브리어를 연구하는 지인으로부터 전달받은 자료에 의하여 그 뿔의 의미가 단순히 히브리어를 다른 나라 언어로 번역하다가 왜곡되었다는 것을 알게 되었다.

기독교의 성인으로서 서방교회 4대 교부로 알려진 히에로니무스 Jerome 성인이 구약성서를 라틴어로 번역한 책을 '불가타' 역본이라고 한다. 구약성경 출애굽기 34장 29절에 의하면 "...이스라엘 백성과 함께 이집트를 탈출한 모세가 시나이 산에서 하나님으로부터 받은 증거판 두 개를 들고 내려왔는데 아론과 이스라엘 백성이 모세를 쳐다보니 얼굴이 환하게 빛나고 있었다. 사람들은 두려워서 모세에게 다가갈 수 없었다..."라는 문장이 있다. 여기서 '환하게 빛나고'라는 단어를 히에로니무스Jerome 성인은 그의 얼굴에 뿔이 돋은 것이라고 번역을 하였다. 그래서 지금까지 서양 미술사에서는 미켈란젤로가 이 '불가타'역본에 근거해서 모세 상을 조각했을 것이라고 해석하는 것이 일반적이었다.

　왜냐하면 고대 메소포타미아 미술에서 신적인 존재는 힘의 상징인 뿔을 끼워 넣은 관으로 장식하였고, 헬레니즘 시대에도 권력자들은 자신의 초상에 이마에 뿔이 있는 모습으로 그려 메달이나 동전에 새기는 것을 좋아했기 때문이다.

　이러한 번역 당시 오류는 한 단계 또 다른 추측으로 변질이 되어, 결국 모세 얼굴이 빛나는 것은 야훼 하느님께서 그와 함께 계시고, 하느님 영광이 뿔 모양으로 모세 위에 머물렀다는 것을 상징적으로 나타낸 것이라고 결론을 내리고 있다. 이것은 가톨릭Catholic 계통에서도 일반적인 해석이었다.

그런데 몇 년 전 어느 원로목사가 이스라엘 히브리어 강사인 지인으로부터 받은 메일을, 선한 의지로 일반인에게 공개하면서 오류가 어디서 시작되었는지 알게 되었다. 알고 보니 그 내용은 다음과 같이 단순하다.

'...본래 히브리어 성경구절에서는 모세가 시내산에서 내려올 때, "모세는 자기가 여호와와 말하였음으로 말미암아 얼굴 피부에 광채가 나나 깨닫지 못하였더라." 로 기록하고 있습니다. 여기에서 사용된 히브리어 어근 קרן은 두 가지 의미로 해석되는데 바로 "뿔"이라는 뜻을 가진 קֶרֶן (발음: 케렌)과 "빛을 뿜다/광채가 나다"라는 뜻을 가진 קָרַן (발음: 카란) 입니다. 미켈란젤로는 전자의 뜻으로 해석하여 결국 뿔 난 모세의 모습을 그리게 된 것입니다...(중략)...오늘날 성경을 읽는 많은 분들이 '카란'(karan קָרַן)이라는 동사를 "그의 얼굴이 빛나다" 혹은 "그의 얼굴은 빛을 뿜어내었다"와 같은 은유적인 뜻으로 읽어야 한다고 알고 있습니다. 미켈란젤로의 뿔난 모세상의 이 유명한 걸작은 성경을 잘못 해석해 탄생한 비극적인 결과물 중 하나로서, 원어 성경을 읽는 것이 왜 중요한지 알려주고 있습니다...'

- 이석봉. 리폼드 뉴스. 2016.07.21

천재라는 수식어가 항상 따라다니는 미켈란젤로가 모세의 머리에 뿔을 조각하여 모세를 위대하게 보이기 위하거나 반대로 폄하하려는 의도가 있었다고는 생각하지 않는다. 히브리어 성서를 라틴어로 번역하다가 오류가 있었을지라도 하나님의 영광을 어떤 형태로든 표현을 했어야 했고, 그 시대에는 그 상징이 뿔이었다면 그 시대에 맞게 표현을 했었을 것이다. 그러나 서양에서 해석하는 뿔의 의미를 전혀 모르는 우리 동양인들에게는 서양인들과 달리 모세 머리에 조각되어진 두 개의 뿔을 괴이하게 볼 수밖에 없는 것이다.

미켈란젤로는 모세의 실제 모습을 본 적이 없다. 그는 그가 인간으로서 할 수 있는 한 상상력의 한계를 실현해 낸 것이다. 나 역시 모세가 마른 체형인지 또는 뚱뚱했는지, 그리고 키가 컸는지 아니면 작았는지 모른다. 구약시대에 사진자료가 있을 리가 만무하고, 초상화를 그린 작품이 남아 있는지도 모르는 일이다. 그래서 모세의 정체성은 구약성서에 묘사되어 있는 것 외에는 알 수가 없다.

모세의 정체성

그렇다면 우리가 아는 모세의 정체성은 무엇인가. 어떻게 형성이 되었을까. 이집트의 왕자. 사실은 히브리 노예의 아들. 히브리 노예들 사이에서 갓 태어난 사내아이를 죽이라는 이집트 왕 바로의 명령에 반하여 어머니인 요게벳Jochebed의 기지로 바구니에 넣어져 나일 강물에 띄워진 아들. 히브리 노예들을 괴롭히는 이집트 병사를 죽이고 난 후 자신의 정체성에 혼란을 느껴 사막으로 도망친 히브리 사람.

　나는 모세의 정체성을 '십계'라는 영화에서 처음 습득하였다. 아마도 구약시대의 모세가 시간여행을 하여 나와 함께 영화관에서 나란히 앉아 팝콘과 콜라를 먹으며 그 영화를 관람한다면 이렇게 소리를 지를 수 있겠다. '저 사람은 내가 아냐! 어떻게 저 영화배우가 나를 연기할 수 있다는 말인가! 나는 저렇게 잘 생기지도 않았고 완전한 백인도 곱슬머리도 아니야!' 그 영화배우는 누구인가?

　영화 '십계(十誡)The Ten Commandments'에서 모세를 연기한 배우 찰톤 헤스톤Charlton Heston 은 우리나라에서 1970년에서 80년대까지 매년 크리스마스가 되면 진공관 TV에서 성탄절 특집 영화로 늘 만나던 배우이다. 그렇게 내가 아는 모세는 근육질에 탄탄한 가슴을 앞으로 내밀고, 두툼한 눈썹에 건조한 모래사막을 깊은 눈으로 응시하는, 덥수룩한 수염의 할아버지였다.

　영화 속 모세를 연기한 찰톤 헤스톤은 뜨겁고 메마른 사막에서 히브리 부족민들의 미래를 두고 늘 고뇌하는 사람이었다. 생긴 그대로의 얼굴이 모세 그 자체라고 해도 될 만큼 말 수가 별로 없는 데도 얼굴 표정만으로도 많은 이야기를 전달해 준다. 오죽하면 미켈란젤로의 모세 상과 너무나 닮았다는 평가를 받았을까.

1923년도에 세실 B. 드밀Cecil B. DeMille 감독이 찰톤 헤스톤을 통해서 묘사한 모세 정체성은 하나님의 충직한 종(從)이다. 정직하고 성실하며, 하나님의 명령을 한 치의 오차 없이 수행하려는 의지가 매우 높은, 위대한 지도자이다. 그리고 이에 대항하는 이집트의 왕 람세스는 이방 종교를 섬기는 악의 결정체로서 왕의 자리에 도전하는 히브리 노예를 앞두고, 죽일까 살릴까를 늘 고민하는, 머리털이 하나도 없는 빡빡머리의 근엄하고 오만한 인간이었다.

영화 '십계'에는 대규모 세트를 세워 촬영해야 했고 그 당시에 파격적이었던 특수효과가 많이 동원되었다. 이집트 병사를 죽이고 광야로 도망쳐 평범하게 양치는 사람으로 지낼 무렵, 하나님의 신탁을 받던 떨기나무가 파란 불길로 타오르던 특수효과는 지금의 시각으로 보면 어색하기만 한데 그 때 당시에는 그렇게도 놀랍게 보였는지 모르겠다.

시대성을 반영하는 정체성

지난 시대의 인물을 묘사하는 기준과 관점은 시대에 따라 변한다. 여기서 의문점이 든다. 정체성은 고정된 것이 아니라 변하는 것이 아닐까. 시대상을 반영하는 정체성은 앞서서 늘 변화를 꾀한다고 한다.

영화 '십계'가 탄생한지 80년이 지난 후, 지난 2014년에 '엑소더스: 신들과 왕들Exodus: Gods and Kings'이라는 영화가 리들리 스콧Ridley Scott 감독의 연출로 모세 이야기는 다시 세상에서 재해석이 되었다. 주연배우는 찰턴 헤스턴에서 크리스찬 베일Christian Bale 로 바뀌었다. 주연 배우가 바뀌면서 나의 모세에 대한 정체성은 변하기 시작했다. 아니 변해버렸다.

나의 성장기 동안 기억에 남아 있던 엄숙하고 경건한 자세와 태도를 가졌던 할아버지 찰턴 헤스턴의 모세는 신중하고 인간미가 넘치며 늘 끊임없이 자신에게 부여된 소명을 어떻게 지켜나가야 하는지 고뇌하는 아저씨, 크리스찬 베일의 모세로 바뀌었다.

히브리 동족을 이집트의 노예 생활에서 탈출시켜야 하는 정신적인 압박감으로 끊임없이 절대자인 하나님에게 묻고 또 믿음을 갈구하는 모습에서 나는 이제야 모세가 신비스럽고 절대적인 권력을 가진 지도자에서 인간미가 넘치는 리더leader의 모습으로 돌아왔다는 일종의 안도감을 가지게 된다. 그런데 작품을 보고 난 후 영화 평단의 느낌은 지루하다는 혹평 일색이다.

나의 경우, 리들리 스콧의 작품들은 대부분 영상미가 뛰어나 스토리가 느리게 진행이 되어도 지루하다는 생각을 해 본 적이 없다. 아마 '신들과 왕들' 개봉 당시 리들리 스콧의 영화는 주로 테이크다운(2013),

카운슬러(2013), 바티칸(2013) 등 스릴러 영화를 많이 제작하였기 때문에 극적 긴장감을 기대했던 관객들에게 상대적으로 지루한 느낌을 줄 수는 있겠다.

디즈니 애니메이션에서 보았던 것처럼 지난 영화 '십계'에서는 바닷물이 갈라지고 열릴 때 정말 열리는 장면을 연출하였다. 덕분에 열린 바닷길 사이를 지나가는 히브리 사람들은 바다 속의 물고기들이 노니는 것을 좌우 측면에서 바라보면서 걸어가야 했다. 그러나 '엑소더스: 신들과 왕들'에서는 정말로 흐르던 바닷물 수량이 줄어들어 평평한 바닥이 드러나 그 위를 걸어가는 장면으로 연출되었다.

현대 영화들이 필름에서 디지털 환경으로 바뀐 만큼 컴퓨터 그래픽은 연출을 실사처럼 하는 데 탁월하다. 이러한 영화 제작 기술을 바탕으로 한 이집트의 람세스 시대를 재현한 연출과 세트 디자인은 리들리 스콧이 아니면 불가능할 만큼 독보적이다. 과장된 것이 아닌 실제로 벌어질 수 있는 사건에 대한 상상력을 기반으로 하였기 때문이다. 이러한 영화 제작 태도는 추후 제작한 마션(2015)과 프로메테우스(2012)에서 확인할 수 있다.

어린 시절 침을 꿀꺽 삼키면서 숨소리도 죽이고 보던 화면속의 홍해의 기적을, 아저씨라는 성인이 되어서 특정 계절만 되면 홍해의 기적을 연출하는 해안이 우리나라에 이미 몇몇 실제로 존재하고 있다는 것을 알게 된 순간, 그 밀려오는 허망함이란. 울산의 진하해수욕장, 진해 앞바다의 동섬, 진도, 변산반도의 하도 등에서 홍해의 기적과 같은 바다의 갈라짐 현상을 볼 수 있다. 이러한 바다의 갈라짐 현상은 조석간만의 차이로 발생이 된다고 한다. 기적이란 모르면 신비스럽고 알면 과학이 된다.

정체성은 변하기도 하고 변하려고 한다. 어쩌면 정체성은 살아서 움직이는 생명체와도 같다. 정체성이란 과연 무엇일까. 나의 정체성은 내가 아는 나 자신을 말하는 것인가. 아니면 주변 사람들이 바라보는 나를 말하는 것인가. 반드시 내가 아는 나와 주변인들이 말하는 나가 일치해야 하는지 아니면 달라도 상관이 없는 것인지.

심리를 전문으로 하는 상담사들이 숱하게 반복하여 습관적으로 인용하는 에릭슨Erikson은 이렇게 말한다. "...정체성은 자기 자신이 일관되고 같은 성질을 유지하는 것과 다른 사람과 어떤 본질적인 특성을 지속적으로 공유하는 모든 것이다..." 이는 정체성이란 독립적이면서도 타인과의 상호작용 속에서 교환이 가능해야 한다는 의미로 해석이 된다. 사전적인 의미도 변하지 아니하는 존재의 본질을 알게 하는 성질. 또는 그 성질을 가진 독립적인 존재로서 에릭슨과 비슷한 해석을 하고 있다.

그럼 실제 상황에서 한 번 따져보자. 우리는 자신 또는 주변인에게 누구누구는 정체성이 분명하다고 표현할 경우가 있다. 그런데 그 말을 듣는 나와 주변인들은 대부분 그것은 너무나 당연한 이야기가 아닌가? 라고 생각할지도 모른다. 왜냐하면 누구누구이 정체성이라는 문장을 우리는 해석을 하기 보다는 어떤, 무엇으로 이미 스스로 인지하고 있기 때문이다. 그에 대한 답변은 '내 생각도 같다' 아니면 '잘 모르겠다' 이다. 정체성은 옳고 그름의 문제가 아니라 동의를 하느냐 동의를 하지 않느냐의 감정인 것이다. 게다가 '정체성이 분명하다'라는 말이 칭찬인지 비난인지는 앞 뒤 정황 설명을 들어야만 알 수 있다.

자동차는 다 같은 내연기관을 갖춘 자동차인데 생산하는 회사마다 독특한 다른 점들이 있다. 벤츠는 벤츠대로, BMW는 BMW대로 각 회사가 내세우는 브랜드별로 자동차 성질의 차이가 있다. 운전하는데 벤츠만의 장점과 단점이 있고 BMW 나름의 장단점이 있다. 이는 결국 고유한 브랜드의 성질로 고착이 되고 소비자는 브랜드 이름만 들어도 '아 그 자동차는 원래 그래' 라고 말을 한다. 그것을 우리는 그 자동차를 생산하는 회사 브랜드의 정체성으로 인식한다. 사실상 브랜드는 제품과 서비스를 연결해 주기 위한 기호와 디자인을 말하는 것인데 그 의미는 포괄적으로 해석을 한다.

성경에서 모세라는 인물은 하나이다. 그런데 모세를 바라보는 타인들은 모세를 해석을 할 때 각각 자신의 경험과 관점에 의하여 다르게 표현을 한다. 또한 시간의 흐름에 따라 전 사람과 다음 사람이 다르게 해석을 할 수도 있다. 실제 살아 있는 과거의 모세가 현 시대에 등장하여 찰톤 헤스톤의 모세가 자신을 잘 설명하고 있다고 말을 할지, 아니면 크리스찬 베일의 모세를 자신과 비슷하다고 말을 할지 모르겠다. 단지 내가 아는 모세는 리들리 스콧이 그려낸 모세가 더 현실적이라는 느낌이 든다. 그것이 내가 모세의 정체성을 수용하는 마음 그릇의 크기이다.

"수빈이 어머니의 이야기로 돌아가 볼까요?"

"결혼할 당시에 시어머니가 계셨는데, 시어머니가 엄하셔서 밥상에 앉지를 못하게 하셨대요. 그래서 수빈이 어머님은 늘 '나는 평생 미움을 받으면서 살 수 밖에 없는 존재구나'라고 생각을 하셨대요. 그러면서 하루에 한 끼 먹는 것도 죄스러운 마음에 서서 밥을 먹었대요. 맞으면서도 남편을 하늘같이 모셨던 게 자기가 무식한 상태에서 남편과 결혼했으니까 그렇게 당해도 싸다고 생각을 했다는 거예요. 어떤 때는 남편이 안 때리면 '내가 뭘 잘못 했나' 이런 생각까지 하게 된 거죠. 이런 심리에 대해서 나중에 공부를 하면서 알게 된 건데, 그때는 도저히 수빈이 어머니를 이해하지 못했죠. 수빈이 어머님은 새벽부터 일어나서, 밥 하고, 밥 먹고, 임신한 상태에서도 잘 먹지를 못한 거죠. 그렇게 애를 낳고, 몸조리 이런 것도 없이, 또 남편 밥 차리고, 밥 먹고, 자기가 미역

국 끓어서 먹고, 밭에 나가서 일하고, 이렇게 평생 살아오신 분이에요.
자기 시간이라는 게 있었던 분이 아니었던 거죠."

"수빈이 이야기를 했을 때 이걸 다 털어놓으신 거군요."

"네. 수빈이 어머님의 이야기를 듣고, 어머니를 제가 일주일 동안 상담
을 했었어요."

혼하지 않지만 폭력에 대한 극단적인 사례를 두고 상담을 하다보면
내가 평소 상담해 온 사례들은 가벼운 콘플레이크corn flake를 우유와
곁들어 먹는 느낌으로 전락하고 만다. 일단 나의 주관적인 감정은 잠
시 뒤로 미뤄야만 했다.

잘 생각해보자. 교회는 주말이 되면 한복을 곱게 입은 또는 양장을
바로 한 중년 여성들로 하여금 교회 정문에서 주보를 나눠주거나 전단
지를 배포하게 한다. 그리고 남성 신도들은 주차장에서 곤봉을 들고
차량을 정리한다. 불교도 마찬가지이다. 절에서는 출가한 남성을 스님
이라고 호칭하고 여성은 비구니라고 부른다. 식사 준비는 여성 불자들
의 몫이다. 스스로 부엌으로 가는 것인지 아니면 식사 준비를 하라고
시키니까 식당에 있는 것인지 모르겠다. 대형교회 목사님은 대부분 남
성이고 유명한 사찰의 큰 스님은 남성들이다. 극단적인 이슬람교 교파
는 여성에게 차도르라는 머플러를 뒤집어 써야 하도록 하고 있다. 이런
상황이지만 다시 종교인들에게 되물으면 자신들은 절대 성차별을 하지

않는다고 힘주어 말한다. 더구나 각 종교 교리에 성차별, 남녀 차별하라는 문장은 눈을 씻고 찾아보아도 없다고 말한다. 그런데도 세상은 지금도 여성에 대한 유・무형의 폭력이 난무하다.

카페의 창밖은 잔뜩 흐려져 있다. 어느새 비구름이 낮게 드리우고 있다. 두 잔의 커피는 아주 식을 대로 식어져 버렸다. 다시 데워 달라고 해야 하나? 나는 허공에 숨어버린 수빈 학생에게 묻는다. 수빈아. 어머님. 너의 어머님은 누구시니? 유식하게 말해서 정체성이란 다른 사람과 나를 구분지어 주는 것이라고 한단다. 자기가 살아가는 이유가 무엇인지, 자기 자신의 살아가려는 욕망의 정체를 구체적으로 파악하고 이해하는 것을 정체성이라고 하지. 고정되어 있지만 변하려고 애를 쓰는 것도 정체성의 한 성질이란다. 수빈아. 어린 나이에 겪은 너의 아픔을 예방하고 보호하여야 할 가족들이 보이지 않는구나. 어머님은 지금 어떻게 살고 계시는지 궁금하구나. 폭력은 습관처럼 반복이 된다고 하는데. 수빈 학생은 아직도 말이 없다.

"수빈이 어머니와 상담을 제대로 하셨군요."
"네. 수빈이의 사정을 듣고 나니 어머니도 걱정이 되었어요. 이 어머니는 평생을 그렇게 살아오신 분이죠. 제 또래 되는 분이셨는데 한 열 살은 더 들어 보였어요. 햇볕에 그을러서. 처음에 우리 학원에 등록하러 오셨을 때도 분홍색 립스틱을 바르고 오셨는데 그 분홍색 립스틱을 보고 제가 속으로 웃었었거든요. 나중에 그게 얼마나 미안하고 죄송했던지. 수빈이도 수빈이지만 엄마를 상담해야겠다는 생각을 했었어요. 그래서 매일 아침 오시게 하는데, 아침마다 수박을 가지고 오시는 거에요. 그것도 최고로 좋은 거. 상품 가치가 제일 높은 거. 뭐 상담이 끝나고도 한 달 내내, 내가 없으면 학원 문 앞에 수박을 놓고 가시는 거에요. 한 달 내내 갖다 놓은 그 수박을 지금 와서 생각해보니, 그 어떤 값진 선물보다도 저한테는 제일 귀중하고 소중했어요. 상담하는 동안 매 회기 때마다 계속 우셨어요. 저는 그냥 이야기를 들어 준 것밖에 없었는데, 아이고 우리 원장 선생님 감사합니다. 우리 원장 선생님 천사시고, 나는 원장 선생님 아니었으면 농약 먹고 죽었을지도 모릅니다. 이런 말을 끊임없이 말씀하셨어요. 저는 정말 한 게 없고 그냥 어머니의 얘기 들어드리고, 얼마나 힘드셨냐고.”

“상담사의 기본을 제일 훌륭하게 하셨네요.”

“ 그게 공감이라고. 지금 얘기하면. 그냥 어머니를 안아드렸지요. 이대에서의 상담 공부는 저에게는 어떻게 보면 또 하나의 무거운 짐이었지만, 또 하나의 긍정적인 측면으로 보면, 제가 상담에 대한 이론도 많이 알게 되고, 더욱 더 상담을 제대로 하게 되는 어떤 전환점이 되었던 건 맞아요.”

정체성의 변화를 성경의 모세를 중심으로 이야기하다가 그대로 눌러 앉아 버렸다. 여성에 대한 차별적인 의식은 교회 안에서 전달자의 무지와 왜곡으로 잘못 알려지기도 한다. 대표적인 사례가 구약시대 등장인물 중 리브가라는 한 여성이다. 리브가는 다름 아닌 이삭의 아내이자 야곱의 어머니를 말한다.

구약 성경을 기록한 사람은 창세기에서 리브가를 다음과 같이 아브라함의 계보를 이야기할 때 처음 등장시키고 있다. 그런데 장면이 좀 특이하다.

창 22:23 이들 여덟 사람은 밀가가 아브라함의 형제 나홀에게 낳은 아들들이며 브두엘은 리브가의 아버지이다.

구약 성경을 기록한 사람은 아브라함의 계보를 소개할 때, 나홀이 밀가와 결혼하여 아들들을 낳았고 그 아들들 중 브두엘은 리브가를 낳았다라고 하지 않고, 리브가를 중심으로 '브두엘은 리브가의 아버지'라고 군이 소개하면서 다음 서사(書辭)에서 리브가가 조연이 아닌 주연으로 등장한다는 복선(伏線)을 유도한다. 특이하다. 남성이 아닌 여성을 주연으로 하다니. 그런데도 우리는 그 의미를 잘 알아차리지 못한다. 아니면 목사님들이 모르거나 알면서도 전달을 안 하거나 둘 중 하나이다.

아무튼 리브가의 첫 등장은 하나님의 언약, 이삭의 구원, 이삭의 종의 기도가 우물가에서 이루어지는 장면에서 시작된다. 그 이후 리브가는 창세기 27:42-46에서 등장을 하더니 기록에서 잠깐 사라졌다가 창세기 35:8에서 유모 드보라의 죽음과 안장보고에서 잠깐 언급된 다음, 창세기 49:31에서 막벨라 동굴에 묻히게 되었다는 기록을 끝으로 리브가에 대한 서사는 종결한다.

남자 중심의 시각

일반적으로 우리의 시선(視線)은 아브라함-이삭-야곱-요셉으로 이어지는 서사를 줄기로 하는 즉, 야곱이 에서로부터 장자권을 빼앗은 것이 발각이 되어 외삼촌의 집으로 도피를 하고, 도피를 하던 중 베델에서 하나님으로부터 축복의 언약을 받는 과정에만 집중한다. 이후 외삼촌 라반의 집에서 기거를 하고 레아와 라헬과 결혼 후 다시 아버지의 집으로 복귀 중 천사와 씨름을 하며, 갈빗대가 부러지고, 천사로부터 '이스라엘'이라는 명칭을 얻고 나서 장차 이스라엘 민족의 선조가 되는 흐름을 따라간다.

우리는 남자 중심으로 야곱의 장자권 사건을 늘 바라본다. 왜냐하면 장자권을 팥죽 한 그릇으로 팔아넘기는 장면이 남자 입장에서 흥미진진하기 때문이다. 그런데 장자권이 도대체 무엇이기에 왜 이리 야단일까.

고대 사회에서 장자권은 한 혈통의 계승을 중심으로 하는 영적 지도자인 면과 재산적인 면을 포함하는 포괄적인 권리였다. 예컨대 영적인 지도자로서 계승권을 가지면서도 재산상속을 다른 자녀들보다 두 배로 받았다. 장자권은 원칙적으로 한 가(家)의 장자에게 주어지는 것이기도 하지만 고대 부족 사회는 예외적으로 매매할 수도 있었다고 한다. 이는 당시 장자권의 재산권을 강조한 농경사회의 관습을 반영하고 있는 것이다.

관습은 시대적 변화에 따라 같이 변화한다. 최근 우리나라의 상속법이 개정되었다. 민법 제4편에 규정되어 있는데, 개정된 상속관련 규정은 호주상속제도를 폐지하고 임의적인 호주승계제도로 변경하는 것이다.

그 때 당시 화제가 되었던 법률 개정의 내용은 상속인의 범위를 8촌 이내의 방계혈족(傍系血族)에서 4촌 이내의 방계혈족으로 축소조정하는 것 외에 배우자의 상속순위를 부부간 평등하게 개정하고, 공동상속인 간 형평을 기하도록 한 것이다.

또한 형제나 자매가 아닌 남매로 구성된 공동순위인 상속인 간 상속의 차별을 없애고 균등한 것으로 개정하여 현대 사회의 변화상을 반영한 부분이 주목할 만하다. 개선된 상속관련 제도는 남녀평등, 부부평

등, 상속인 간의 공평을 도모할 수 있도록 바꾸었고, 이런 과정을 거쳐 결국 우리나라에서 '호주제'는 2005년도에 헌법불합치 판정을 받으면서 폐지하게 된다.

다음은 목회 현장에서 벌어지는 해석하기가 난해한 사례이다.

> "…장자권 세미나는 한국교회의 영적 위기를 타개하고자 2013년 시작한 것이다. 장자권은 창세기 25장에 나오는 장자의 명분, 권리로 천국 상속권을 지닌 '장자'로서 예수님과 대화하고 명령 선포하는 삶을 살자는 것이다. 이제까지 목회자 및 선교사 1만5000여명이 들었다…"
> 국민일보. 2018.10.04.

장자권이 천국의 상속권? 이 말을 과거의 히브리 부족민들이 들었다면, 아니 현대의 유태인들이 들었다면 어떻게 생각할까? 야곱에게 장자권을 넘겼던 에서가 들으면 환장할 만한 내용이다. 그런데 구약 성경 속의 인물들이 모두 야곱과 같은 것은 아니다.

정체성의 왜곡

가인, 에서, 르우벤, 나답, 암논처럼 장자임에도 장자권을 취득하지 못한 인물들이 있는가 하면, 야곱, 유다, 요셉, 솔로몬처럼 장자가 아넘에도 불구하고 장자권을 취득한 인물 등 다양한 사례들이 존재한다. 정체성의 왜곡은 사람에게만 해당하는 것이 아니다.

정체성의 왜곡은 다음과 같이 실소를 금치 못하게 하는 경우도 있다.

"...이로부터 알 수 있는 사실은 동생 야곱이 아버지 이삭으로부터 장자의 축복을 받고 도망할 때 나이는 77세였으며, 이때 아버지 이삭은 137세였고 (창25:26, 이삭이 60세에 에서와 야곱 쌍둥이를 낳음), 이삭은 이 사건 이후에도 43년을 더 살았다(창35:28-29, 이삭은 180세에 죽음). 그 전에 야곱이 형 에서로부터 팥죽 한 그릇으로 장자권을 매입한 사건이 있었을 때도 에서가 들짐승을 사냥하러 다닐 정도로 장성한 때였다(창25:27-34). 에서는 그 정도로 장성한 나이였음에도 불구하고 장자권을 가볍게 여겼고, 야곱은 장자권을 귀히 여겼다..."

'야곱에 대한 오해와 이해'. 김홍석. 크리스천투데이. 2018-11-4

창 29:18-30; 30:25에 의하면 야곱이 요셉을 낳은 해 즉, 야곱이 91세가 되는 해가 야곱이 형 에서를 피해 밧단 아람으로 온지 14년이 되는 해였다. 이에 따라 야곱이 이삭으로부터 장자의 축복을 받고 도망할 때 나이는 77세(91-14)이다. 그런데 야곱의 막내아들 요셉이 애굽의 총리가 된 것은 30세이다(창41:46). 리브가의 손주인 요셉은 30세 나이에 애굽의 총리가 되었는데, 막상 리브가의 아들들인 에서와 야곱은 나이 70세가 넘어서야 장자권 분쟁에서 결론을 지을 수 있었다는 이야기이다. 다시 말해 리브가는 70세가 넘은 야곱과 연합하여 장자권을 매수했다는 결론에 도달하게 된다.

따라서 남성 우월주의 시각에서, 가부장적인 관점에서 바라보면 야곱의 장자권 매수 사건은 제목부터 틀렸다는 것을 알게 된다. 이를 만회하기 위해서 기를 쓰고 덤비면 점점 더 궤변을 만들어가야 한다. 하나님은 장자권을 에서에게 주려고 했는데 인간인 야곱이 엄마인 리브가와 연합하여 빼앗아 갔다는 궤변이다. 절대자이자 유일신인 하나님이 인간 야곱에게 사기를 당하다니.

리브가와 야곱의 관계를 곰곰이 살피다보면 상담 현장에서 내담자와 내담자의 가족관계를 이해하는데 도움이 된다. 특히 내담자에게 정서적 영향을 미친 가족, 특히 어머니와의 사이에 발생하는 강렬한 관계를 이해하기에 좋다. 이러한 관계를 심리학적으로 표현하면 '공생적 symbiotic'이라고 표현한다.

여성으로서 리브가에 대한 정체성을 논하자면 끝이 없다. 리브가는 도전하는 여성이자 자신의 삶을 결단하고 머뭇거리지 않고 곧장 실행에 옮기는 적극적인 여성이다. 즉, 리브가를 고대 부족사회의 알려진 관습과는 달리 자신의 결혼과 미래에 대해 결정권을 가진 사람으로 성경은 기록하고 있다.

리브가의 정체성

기록된 리브가 집안의 가족 관계를 보자. 리브가의 가족 관계는 결혼을 위해 떠나는 딸을 아쉬워하며 며칠 동안 함께 더 지내기를 원하고, 거주하는 집을 떠나야 하는 결혼 의사를 딸에게 물어보며 그 딸은 결혼에 대한 결정을 독립적으로 할 수 있도록 형성되어 있다(창 24:55-59).

더욱이 리브가는 친정 가족들로부터 "...우리 누이여, 너는 천만인의 어머니가 되고 너의 자손은 그 원수들의 성문을 차지하거라..."라는 축복을 받고 결혼을 위한 여정을 시작했으며(창 24:60), 이삭은 리브가를 그의 어머니 장막으로 들이고 취하여 사랑을 했고(창 24:67), 리브가가 임신을 못하자 리브가의 남편 이삭은 아내를 위하여 여호와께 기도를 드리고 여호와께서 그의 기도를 들어주어 임신을 하게 된다(창 25:21). 리브가는 뱃속에서 아이들이 서로 싸우므로 어떻게 해야 하는지 여호와께 기도를 드리는 여성이다(창 25:22).

문화의 원형으로서 리브가를 주인공으로 하는 서사는 압축적으로 역동하고 있다. 기록은 리브가가 살아가는 일상세계를 보여주고, 그 세계에서 리브가가 어떻게 존재하고 있으며, 리브가가 특별한 세계로 떠나는 소명에 직면하게 되었다는 것을 알게 한다. 여기서 리브가는 자신의 미래를 위한 모험을 떠나야 한다는 소명을 받고 어떻게 처신을 해야 하는 지에 대하여 주저 없이 결단을 내리는 영웅의 모습을 하고 있다.

그런데 리브가의 정체성을 왜곡하기를 주저하지 않는 사람들은 리브가를 도전적이고, 능동적이며, 적극적인 인물로 평가하면서도 상대적으로 소극적인 이삭과 적극적인 리브가의 역기능성 때문에 에서와 야곱의 출생이후, 두 형제의 경쟁관계를 부추기는 원인이 되었다고 평가하고 있다.

　또한 그들은 야곱은 항상 사냥해 온 고기를 가지고 아버지를 기쁘게 해 드리는 에서의 모습을 보면서 심한 질투를 느꼈을 것이고, 리브가와 야곱은 가족의 중심 인물인 이삭과 에서로부터 떨어져 있는 인물이라고 이해하기도 한다. 이러한 추론을 근거로 가족은 단독으로 형성된 것이 아니라 여러 관계 속에서 형성되어진 것이며, 정상적인 가족이 문제없는 가족이 아니라 야곱의 가족처럼 가족 내 부부갈등, 형제갈등, 경제 갈등 등의 문제들을 포함하고 있다는 논리를 세우기도 한다.

　얼핏 들으면 그럴 듯하지만 앞에서도 설명하였듯이 정체성은 옳고 그름의 문제가 아니라 동의를 하느냐 안하느냐의 문제인 것이다. 그럼에도 불구하고 이삭-리브가의 관계에서 리브가를 가부장적인 사회에서 여성이지만 적극적인 인격체로 성장하였음을 알 수 있다고 설명하면서도, 막상 이삭과 에서와의 관계 속에서 리브가는 소외감을 느꼈을 것이라고 주장한다. 인간의 상상력은 참으로 한도 끝도 없다. 이렇게 계속해서 왜곡된 해석을 내리는 그 심리는 무엇일까.

아시아에 들어온 기독교가 아시아 문화의 가부장제와 결합하여 각 나라마다 독특한 형태의 가부장적 기독교를 형성한 것은 참으로 불행이다. 우리나라의 경우 기독교는 그 주요 윤리적 종교적 에토스로 유교를 밑바탕에 깔고 있는 바, 두 종교는 공히 "부자(父子) 종교"라는 유사성 때문에 빠른 시간에 우리나라에서 확대할 수 있었다고 진단한다.

가부장적인 사회는 에덴동산에서 뱀 사건 이후로 악이 세상에 존재하는 것을 여성의 책임으로 전가한다. 이러한 기준은 기독교 내부에서 여성이라는 정체성을 물질 만능주의, 비이성적 비논리적, 육체적인 음란함 등으로 정의를 내리는데 주저하지 않는다. 여성에 대한 악의적이고 부정적인 묘사는 여성의 열등함을 강화하고, 여성을 통제해야 할 필요성을 합리화 시키며, 여성에 대한 폭력은 정당하다고 인식하게 한다. 여성에 대한 정체성의 왜곡은 여성 스스로 자신의 안에서 부정적인 자아를 형성하도록 하며, 스스로 죄책감을 확대시키는 기제sign가 되기도 한다. 남성이 자신의 권력과 완력으로 여성을 가해하고도 이를 들켰을 경우, 도리어 여성을 '꽃뱀'이라고 뒤집어 비난하는 심리가 여기에서 출발한다.

모르면 그리고 아는 것이 없으면 기록된 대로 이해하면 된다. 리브가의 여성 정체성과 관련하여 성경은 다음과 같이 서술하고 있다. 리브가는 아브라함의 형제, 나홀의 아내인 밀가의 아들 브두엘에게 태어났으며(창 24:15), 목이 마르고 지친 낯선 여행자에게 물을 직접 건네줄 정도로 적극적이고 능동적이며(창 24:18), 여행자와 동행한 약대(낙타)들이 물을 마시도록 배려하는 태도를 가진(창 24:19) 여성이었다. 그리고 리브가는 하나님의 말씀을 경외하는 라반이라는 오라버니와 남매관계이며, 나그네들이 쉴 수 있는 곳(공간)과, 약대(낙타)들이 먹을 수 있는 짚과 여물이 넉넉한 집안 환경을 보유하고 있다(창 24:31). 이것이 리브가의 정체성이다.

가부장제를 중요시 하는 남성 기독교 신자들에게는 황당한 말이겠지만 리브가는 남편 이삭을 제치고 하나님의 신탁(神託)을 직접 받은 여성이었다. 이는 기록에 남아 있다.

> 여호와께서 그 여자에게 말씀하시기를 "두 민족이 네 뱃속에 있으니, 두 백성이 네 몸에서부터 나누어질 것이며 한 백성이 다른 백성보다 강하겠고, 큰 자가 작은 자를 섬길 것이다."라고 하셨다(창 25:23)

임신과 출산의 어려움을 남편 이삭에게 호소한 것이 아니라 하나님께 직접 기도를 드린 주체적인 여성이고 하나님으로부터 신탁(神託)을 직접 받은 주인공이다.

결론적으로 다시 한 번 정리를 해보자. 이삭은 나이가 많아 눈이 어두워 잘 볼 수 없게 되자 맏아들 에서에게 장자의 축복을 시도한다(창 27:1-5). 이를 들은 리브가는 야곱을 불러 장자의 축복을 받을 준비를 계획하고 실행에 옮긴다(창 27:6-30). 그러나 이러한 장자의 축복이 야곱에게로 넘어간 것을 알게 된 에서는 마음속으로 야곱을 죽일 다짐을 한다. 큰아들의 마음속의 말을 들은 리브가는 야곱을 피신할 계획을 세우고, 헷 사람의 딸들과 결혼을 우려하는 명분으로 야곱을 에서로부터 피하도록 남편 이삭을 설득한다(창 27:41-46). 이후 이삭은 야곱을 불러 축복하고 야곱의 외할아버지 브두엘의 집에 이르러 외삼촌 라반의 딸들 중에서 아내를 얻으라는 지시를 내린다. 그리고 야곱은 그의 아버지와 어머니에게 순종하여 밧단아람으로 가게 된다(창 28:7).

야곱이 부모인 이삭과 리브가로부터 떠나 외가인 브두엘의 집으로 출발하는 순간, 야곱은 개인의 심리적 탄생을 경험한다. 야곱은 더 이상 정서적으로 어머니인 리브가를 활용할 수 없기 때문이다. 그리고 그와 동시에 서사의 주인공으로서 시련을 극복한 리브가는 어머니로서의 심리적 탄생을 경험하고, 구약시대 서사의 주인공 역할을 야곱에게 넘김으로서 장차 이스라엘 민족의 어머니로 재탄생하게 된다. 이것이 내가 아는 리브가에 대한 여성 정체성의 결론이다.

리브가에 대해 좋게 이야기하는 교회 설교자를 별로 본 일이 없다. 이삭의 아내요 아브라함의 며느리인 리브가는 대부분 '편애'의 아이콘으로서 뒤틀린 모성을 상징하는 대표적인 보기로 재현될 뿐이다.

'편애'는 어느 한 사람이나 한쪽만을 치우치게 사랑하는 것을 말한다. 다시 말하자면 '편애'는 한 가정 안에서 함께 양육되는 형제, 자매 사이에서, 부모를 포함한 성인 양육자나 보호자에 의해 표현되어 나타나는 장기적이고 일관적인 애정의 편중 현상이다. 편애는 부모 자신의 인간적인 연약함에 기인하며, 특정한 유형의 편애를 암묵적으로 인정하는 문화도 편애를 표현하는데 영향을 미친다. 또한 부모 자신이 받은 편애의 정서적 상처가 무의식적으로 자녀들에게 전수되기도 한다.

  리브가의 야곱에 대한 모성이 '편애'로 집중적인 관심을 받는 이유는 창세기 25:28에서 "…이삭은 에서가 사냥한 것을 좋아하였으므로 에서를 사랑하였고, 리브가는 야곱을 사랑하였다…"는 내용을 목회자들이 원문 그대로 인용하는 것으로서 기인한다.

  만일 리브가가 야곱을 사랑하였다라는 내용을 리브가의 '편애'로 해석한다면, '이삭은 에서를 사랑하였고…'라는 구절을 이삭의 '편애'로 해석하지 않는 이유는 과연 무엇인가. 21세기에 들어 우리나라는 유교적 전통이 점차 사라지고 기독교 문화를 비롯하여 타 문화의 영향이 힘을 얻어가는 과정에 있지만 아직도 유교의 잔재는 남아 있다.
  일부 사람들은 이삭의 에서에 대한 '편애'는 장자에 대한 당연한 결과이고 리브가의 '편애'는 불편한 사례로 인용한다. 그런 인식을 갖고 있다 보니 야곱조차 '편애'를 대물림하는 바람에 요셉에게 빗나간 사랑을 전해 주었다고 해석하고 있다. 또한 일부 성경학자들은 하나님이 요셉을 야곱의 '병적인 편애의 환경에서 격리'해서 하나님의 뜻을 성취해냈다고 말하기도 한다.

리브가의 모성(母性)을 생물학적 속성으로 이해할 것인가, 사회 문화적인 성향으로 볼 것인가, 혹은 사회 심리학적 차원에서 모성에 대한 가치 체계에 관심을 둘 것인가 등 여러 가지 관점에 따라 여러 가지 방식으로 이야기가 될 수는 있겠다. 그만큼 모성(母性)은 한 마디로 규정하기에 어렵다는 뜻이다. 리브가의 모성(母性)을 비판적으로 보는 시각은 앞선 내용에서 살펴보았듯 리브가를 생물학적인 관점에서 관찰한 결과이다.

우리는 구약시대의 인물들을 상담 사례로서 활용할 때 '문화 원형(原型)'이라는 인식의 전환이 필요하다. 가치가 있는 문화요소는 시대 변화에 따라 사용한다고 하더라도 본래의 기본 틀을 갖고 있다. 이 원형archetype 개념의 확산에 가장 큰 영향을 미친 칼 융Carl Jung은 이것을 '집단 무의식의 기조'라고 했다. '본래의 기본 틀'을 의미하는 원형(原型)은 시간 및 공간에 따라 다양하게 변화하는 현상을 해석하고자 할 때에 계속 유효한 개념이다.

융에 의하면 인간은 "선조의 과거 역사가 담긴 잠재적 기억 흔적의 창

고이자 선조의 반복적인 경험축적의 부산물인 집단적 무의식"을 지니고 있으며 다시 말해 원형(原型)은 바로 "집단 무의식을 구성하는 내용물"이라고 말한다. 인류의 보편적인 무의식은 인간이 가지고 있는 원형적인 심성으로서 모든 인간에게서 동일하게 나타나기 때문에 그들에 의해 만들어진 신화는 동일한 이야기와 서사구조를 가지게 된다. 영화나 드라마에서 활용하는 콘텐츠는 바로 이러한 원형 요소를 콘텐츠화(化)한 통한 결과물이며, 이를 통하여 우리는 몰입하거나 감성을 공유하게 된다. 그것이 영화심리치료의 구조이기도 하다.

"수빈이가 공부도 잘했나요?"

"아, 전교 1, 2등을 했어요."

"그랬군요."

"K대 간호학과를 가려고 하면 서울대를 들어갈 실력이었어야 했어요. 공부도 굉장히 잘했어요. 하나를 가르치면 둘을 깨우치는 아이. 그러니까 이렇게 공부를 잘 하게 된 것이. 이 아이가 중학교 3학년 1학기 때 저한테 뭐라고 했냐면 '원장 선생님, 제가 공부를 잘하는 것은 순전히 엄마 때문이에요.' 수빈이 엄마가 농사일만 하면서 엄마의 삶은 없었어요."

"수빈이 엄마 때문에 간호사가 되겠다고 한 거예요?"

"간호사도 되고 공부를 잘해야겠다고 생각했던 게, 수빈이 엄마가 웃는 날이 별로 없었어요. 얘가 초등학교 때 전교 회장이었는데, 그걸 보고 엄마가 너무 기뻐하시고, 그 상장이나 임명장을 깨끗이 다려가지고 액자 속에 넣어서 그걸 가지고 만족하시는 엄마를 보면서,"

"어머니에게 유일한 낙이셨나 보군요."

"그러신 것 같아요."

"그래서 그 모습을 보고 더 열심히."

"더 열심히 공부해야겠다고 생각을 한 거죠. 수빈이가. 엄마를 기쁘게 하기 위해서 공부를 열심히 했던 거예요. 자기상황을 알리지 않은건 엄마 때문에 참았다고 생각을 해요. 경찰서에 고발도 못한 건 오빠가 가담해 있는데 오빠도 불쌍하다는 거예요. 왜 오빠가 불쌍하냐, 너를 먼저 생각해라 하니까 오빠가 아빠한테 그렇게 맞았다는 거예요. 어릴 때부터."

밥상머리 교육이라는 말들을 한다. 초 · 중 · 고등학교라는 정규 교육 과정에 입학하기 전에 우리는 밥상머리 교육부터 받는다. 각자 자기 역할에 충실하던 가족들이 모일 수 있는 자리는 밥상에 서로 둘러앉아 식사를 하는 장소이다. 그 자리에서 교사는 부모이다. 어린 아이들은 가족들과 함께 모여 식사를 하면서 부모가 서로 대화를 나누는 것을 보고 언어를 배우고, 남녀의 차이를 이해하고, 형제간에 질서를 배우고, 주변 상황에 대한 이해를 높인다. 통상 우리가 아는 가족 분위기라면 이렇게 반복된 생활 습관이 초등학교에 입학하기 전부터 밥상머리에서 눈과 귀로 전수된다.

나의 세대만 하여도 부모의 역할, 형제간의 관계, 사회적 이슈에 대한 학습은 죄다 밥상머리에서 시작했다. 나는 저녁 식사를 기다리는 동안 어머니는 식사를 준비하고 아버지는 신문을 읽거나 TV를 보고 계셨다. 거기서 남녀의 역할을 배운다. 가족들이 모이고 드디어 나는 첫 숟가락을 잡을라치면 어머니가 눈짓으로 아버지가 먼저 수저를 들 때까지 기다리라는 신호를 주셨다. 위계질서를 학습하는 것이다. 우리나라는 다른 말로 장유유서라고 한다. 냄새만으로도 유혹이 심한 돼지고기 두루치기는 아버지의 첫 젓가락이 진입을 하여야 다음 순서로 넘어간다. 형보다 더 많이 집어 갈 수 없다. 이것은 장자권이다. 하지만 막내는 더 먹을 수 있다. 어린 막내를 아끼고 보호하라는 엄중한 명이 십계명처럼 살아있기 때문이다. 첫째도 막내도 아닌 둘째는 늘 교회에 나가서 야곱을 꿈꾼다. 가족들은 식사를 할 때 떠들면 안 된다. 입안의 음식물들이 튀어 나오지 않도록 조심하면서 낮은 목소리로 대화를 나누어야 한다. 침묵은 금이라는 것을 소통보다 먼저 배운다.

　지금 세대는 다르다. 아버지는 어머니와 함께 음식 준비를 하고 설거지도 같이 한다. 아이들에게 첫째이든 둘째이든지 각자의 욕구대로 해소할 수 있게 노력한다. 딸 바보 아들 바보라는 말이 회자될 정도로 남녀 구분 없이 육아를 직접 관여하려는 아버지들이 많이 생겨나고 있다. 전통적인 위계질서는 점점 사라지고 인간을 고유한 인격체로 성장시키려는 부모들이 나타나고 있다. 그러한 시대상을 반영한 것이 호주제 폐지와 남녀평등 법안들의 법제화이다. 현재는 기존의 관습과 현재의 새로운 관습이 엉켜있는 모습이다. 다음 세대로 넘어가면 지금과 같은 폐습들은 많이 사라질 것으로 확신한다. 그로 인하여 새로운 갈등이 생긴다면 그것은 다음 세대의 몫인 것이다.

폭력의 학습

아이들은 어디서 폭력을 학습할까. 가족들이 만나는 자리에서 시작한다. 밥상머리는 폭력이 아주 좋아하는 장소이다. 집어 던질만한 물건들이 밥상위에 많기 때문이다. 흔히들 폭력은 대물림을 한다고 한다. 밥상위에서 부모의 폭력을 보고 아이들은 학습한다. 초등학교에서 폭력을 가르치지 않는다. 학교는 폭력을 피하거나 대응하는 방법을 알려준다. 폭력은 가정 폭력에서부터 시작한다. 가정에서 폭력은 없었는데 사회나 학교에서 폭력을 학습하면 가정에서 제어를 하고 보호하고, 회피하는 방법을 알려준다. 폭력은 나쁘다는 것을 어느 한편에서 알고 있기 때문이다.

폭력이 누적이 되면 폭력 상황 전체가 정체성으로 형성이 되어 폭력 상황을 당연하게 여기게 된다. 아빠가 엄마를 폭행하면 아이들은 남자가 여자를 폭행하는 것은 당연하고 완력으로 다스릴 수 있다고 인식한다. 아빠가 늘 밥상머리에서 알코올에 절어 살면 아이들은 알코올을 인식할 때 늘 음료수와 같이 여기고 폭력으로 가는 지름길로 이해한다. 아빠가 밥상머리에서 아이들을 때리고 상을 뒤엎으면 맞고 자란 아이는 자신을 사랑하지도 못할뿐더러 타인의 실수를 용납하지 않는다. 욕설은 마음 깊숙한 곳에 자리를 잡은 인격이 이 육신으로는 못살겠다고 비명을 지르는 외부의 표현이다.

정체성은 고유하고 동일하지만 늘 변하려고 한다. 그런데 어느 순간 다시 돌아오려고 하는 것도 정체성이다. 그 정체성의 형성은 어디서부터 시작할까.

인간은 어머니의 자궁 속에서 배아에서 태아로 성장한다. 출산 이후 갓 태어난 아기는 어머니로부터 자신의 생존 문제를 두고 절대적인 영향을 받는다. 따라서 어머니가 아기에게 건강한 혹은 병리적인 대상을 제공하든 못하든 간에 아기는 어머니의 방식과 스타일에 맞추어 조화를 이루거나 대조하며 자신을 형성해 간다.

아기는 자기 어머니와의 관계에 집중을 하고, 최초로 접촉하는 어머니에게서 모성애, 신뢰감, 그리고 안정감을 느끼게 된다. 자녀의 인성 형성 및 유형은 어머니가 갖고 있는 성격으로 좌우되어 어느 한편으로 결정된다. 이와 반대로 어머니에게서 모성애와 신뢰감, 안정감을 느끼지 못한 영아, 유아는 여러 가지로 병리적인 문제를 야기한다.

해외 연구에 의하면 아기가 초기 양육환경에서 경험하는 심각한 스트레스는 인간의 감정적인 영역을 담당하는 뇌 부위, 즉 변연계 발달에 많은 결함을 남겨 성인이 되어서도 정서조절, 충동성, 수면, 식습관 등의 영역에 많은 문제를 초래한다고 한다. 또한 조기에 문제를 보이는 영유아는 이후 성장하여 불안과 소아우울증과 같은 심리부적응, 이로 인한 자살시도, 폭력과 비행을 비롯한 범죄와 반사회적 행동 등 사회적으로 용납되지 않는 부적응 문제를 보이게 된다. 이러한 부적응 문제는 연령이 증가할수록 지속될 뿐만 아니라, 더욱 강화된다.

출생이후 유아는 돌보는 사람을 자각하지 못하므로 유아의 일상생활은 양육자인 어머니가 환경적 요인으로 중요하다. 따라서 에서와 야곱에게 영향을 미치는 양육 환경인자로서 어머니인 리브가를 지금까지 주목했던 것이다. 다시 말하면 리브가와 야곱을 연결하는 매개 변수인 양육태도와 환경으로 형성된 모성 정체성maternal identity을 주목한다는 의미이다. 부족사회에서 재산권과 부족회의 의사결정권을 가진 권한을 첫째가 아닌 둘째에게 넘기도록 계획한 것은 리브가가 아닌 기록된 바대로 하나님이었기 때문이다. 리브가는 하나님의 신탁을 충실히 지키려고 한 여성이다. 따라서 리브가를 인간적으로 제멋대로 해석하고 비난할 자격이 없다.

건강한 분리 개별화 수준을 갖지 못한 어머니들은 자녀를 건강하게 독립시킬 수가 없으며, 평생 의존적인 자녀로 키울 수밖에 없고, 어머니와 자녀의 관계는 건강하지 못한 심리의 세대 전수라는 고리로 연결될 수밖에 없다.

아이가 어머니와 분리 개별화 과정을 거치듯이 어머니도 자녀와의 분리 개별화 과정을 거치며, 각 과정마다 의미 부여를 한다. 특히 사춘기를 기점으로 하여 부모와의 심리적, 물리적 독립이 본격화 되는 성인기에 접어들면서, 이전 성장 단계와 비교해 볼 때 달라지는 자녀들의 변화를 잘 수용하고 이 시기의 어머니로서 맞게 될 역할 변화와 어머니 개인의 심리적 변화에 대한 준비가 필요하다.

수빈 학생을 대학생이 될 때까지 지켜 준 것은 바로 어머니의 헌신적인 노력이다. 이미 많은 선행 연구자들이 폭력의 대물림, 불행의 대물림으로 온전하지 못한 가정에서 2차, 3차 폭력에 노출된 청소년들의 결과가 어떠한 지 우리들에게 알려주고 있다. 기존 연구 조사처럼 수빈 학생의 가정이 해체라는 최악으로 치닫지 않고 외형적으로나마 가족의 형태를 지금까지 유지해 온 것은 폭력을 대물림하지 않으려는 어머님의 의지가 강하게 있었기 때문이다. 그 마음을 수빈 학생은 지혜롭게 잘 받아서 지켜온 것이기도 하다.

아버지를 원망하거나 비난할 수 있어도 부끄럽게 생각할 필요는 없다. 외부 도시와 떨어져 고립된 마을, 그것도 특수작물로 고소득을 올리는 마을이라면 농한기에는 아버지들이 모여서 술로 노동의 고단함을 잊으려 하던 날이 잦았고 그중 일부는 술기운으로 뜻하지 않은 시비에 폭력을 행사하게 되는 일도 있었다. 누구도 제재하지 않는 모습을 밥상머리에서 학습한 아이들은 과연 자라서 온전한 사회생활이 가능할까? 그리고 이사회는 함께 살아야 하는 공동체라는 개념이 그들에게 자리 잡고 있을지 강한 의문이 든다.

한편, 인간들의 일반적인 생각과는 달리 하나님은 당신이 선택한 이스라엘 민족들을 매우 힘들게 생활하게 하고, 고생이란 고생은 죽도록 시키신다. 다윗 왕국에서 그 아들 솔로몬 왕국까지 이어진 기간 동안 누린 번영을 제외하고는 제대로 나라다운 나라를 가져 본 역사가 없다. 최근 2차 대전이 발발하고 전쟁 와중에 직접 싸움의 당사자가 아닌데도 수많은 유태인들은 홀로코스트로 목숨을 잃어야 했다. 이러한 유태인들에게 하나님의 공의를 묻는다면, 그리고 하나님의 공평함을 묻는다면 그들은 어떻게 답변을 할지 짐작도 못하겠다.

우리가 상식으로 알고 있는 선과 악은 인간의 이성적 가치 판단의 결과이다. 그런데 하나님은 인간과는 달리 절대 이성을 가지고 있다. 하나님이 좋아하시는 것이 선이고 하나님이 싫어하시는 것이 악이다. 오죽하면 사도 바울은 '죄 가운데 태어난 내가 나의 의지로 선을 행하려는 것이 나를 죄 아래로 이끌어 가려는 구나'라고 통곡하였을까.

자신의 형제들에 의하여 이집트로 팔려간 요셉은 총리가 되었다. 이집트에서 총리가 된 요셉이 흉년을 대비하여 곡식을 잔뜩 저축해 놓았다는 소식을 듣고, 사막에서 먹을 것이 없어 고생하던 요셉의 형들은 곡식을 얻으러 요셉 앞에 나타났다. 요셉의 정체를 알게 된 형들이 두려움으로 웅성거리자 이집트의 총리인 요셉은 이렇게 말한다. "형님들이 나를 해 하려고 팔아 버렸지만 하나님은 그것을 선으로 바꾸어서 나를 총리로 만들었다"고.

모든 만물과 만사가 합력해서 선을 이룬다. 세상에는 전쟁, 질병 등 말할 수 없는 고통이 넘치고 있다. 그러나 이러한 모든 일을 통해서 하나님은 자신이 계획한 대로 이룬다. 하나님이 기쁘신 뜻대로 이루신다. 이 세상의 모든 것이 하나님으로부터 나와서 하나님이 정하신 뜻대로 진행되고 있다고 한다. 그것이 하나님의 공의, 공평함이다.

지금 수빈 학생은 마음의 고통을 해방시켜 줄 절대자의 구원을 필요로 한다. 몸의 상처는 시간이 지나면서 아문다고 하더라도 마음의 고통은 기약도 없고 미래도 없다. 언제 어떻게 괴물로 변하여 다시 고통을 재생산하거나 확대할지 그것은 아무도 모르는 일이다. 그래서 하나님의 공의를 간절히 원하고 있는 것이다.

그래 그것이다. 수빈 학생은 가해자들로부터 사과를 받고자하는, 본인이 하고자 하는 의지를 실행해도 된다. 두려운 일은 아니고 무서워서 못할 일도 더더욱 아니다. 수빈 학생의 상처 받은 정체성의 생체기에 딱지가 생기고 새살이 새싹처럼 돋아 날 때, 그 새싹이 바로 수빈 학생이 그렇게 간구하고 호소하던 하나님의 공의라는 것을 알게 될 것이다.

제Ⅱ부

아까시나무에 대한 단상(斷想)

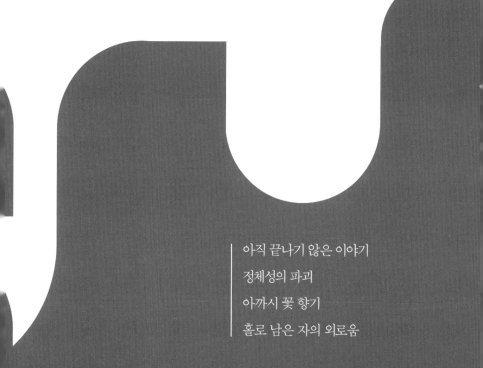

아직 끝나지 않은 이야기

.

중간고사를 끝내고 모처럼 한가로운 아침을 보내고 있었다. 시험이 끝나고 나면 하나의 의례처럼 있어왔던 부모님들과의 상담으로 인해 지친 심신을 음악으로 달래주고 있었다. 참으로 오랜만의 휴식이다. 진한 초록을 담은 먼 산의 풍경을 바라보면서 나 혼자만의 시간을 누구에게도 허락하고 싶지 않았다. 아침저녁으로 울려대는 전화벨 소리에 머리가 깨질 듯이 아팠던 며칠을 보냈기에 더욱 더 그 자유로움을 방해받고 싶지 않아 휴대폰을 아예 무음으로 바꾸어 놓았다.

몇 시간을 그렇게 있었을까? 소파에 기대어 잠이 들다가 어느새 시계는 12시를 가리키고 2시에 있을 교사회의 시간을 지키기 위해 급히 채비를 서둘렀다. 현관을 나서며 휴대폰을 잠시 확인했는데 20여 통의 부재중 전화가 와 있는 것을 알게 되었고, 그 중 수빈(가명)이로부터 여러 차례 전화가 왔었다는 것을 확인 한 순간, 수빈이와 지난 일들에 대한 기억으로 마음속에서 무거운 갈등이 요동치는 것을 느꼈다. 수빈이는 친 오빠의 친구와 선배들로부터 초등학교 6학년에서 중학교 3학년까지 지속적으로 성폭행을 당했던 아이다. 간호사의 꿈을 가졌던 수빈이는 K대학 간호학과에 당당히 합격을 하여 자신의 꿈을 이루기 위해 열심히 노력하고 있었던 아이였다. 그런 아이가 거의 1년 만에 무슨 일로 전화를 하였을까? 나쁜 소식만 아니었으면 좋겠다는 바람으로 전화를 했다. 수빈이의 목소리는 잠겨 있었다. 무슨 일인지 채 묻기도 전에 학원에서 기다리고 있다고 하였다. 나는 급히 서둘러 학원으로 향하였다. 학원에 들어서자마자 교사회의는 뒤로 미루고 수빈이가 기다리고 있는 상담실로 향했다.

"원장님, 저는 아카시 꽃향기를 맡으면 미칠 것 같아요."

"그 짙은 향기와 함께 떠올려지는 기억은 지워도 지울 수가 없어요."

수빈이가 성폭행을 당한 시기가 5월초였고 그날 유독 기억이 나는 것은 아카시 향기가 역겹도록 짙었다는 것이었다.

"분노가 치밀어 올라 아무것도 할 수가 없어요."

그 말을 하고 있는 수빈이의 손은 떨리고 있었다. 흐르는 눈물을 닦으라며 휴지를 건넸다.

"내가 뭐라고 위로해야 할지 모르겠다. 어떤 말이 위로가 될지"

나는 그 때 나의 부족함을 깨닫고 있었다. 상담에 대한 한계를 느꼈고 관련 분야에 대한 진학을 고민하고 있었던 시기였다. 수빈이는 말을 계속 이어갔다.

"원장 선생님께서 하나님은 공평하시다고 하셨죠?"

"그럼 공평하시지."

나는 머뭇거리며 대답했다.

"정말 하나님이 공평하시다면, 정말 하나님이 악을 벌하시는 분이라면 저는 매 순간 순간이 고통스러운데 왜 나를 이렇게 만든 인간들은 행복하게 살고 있는 건가요? 죽이고 싶어요. 정말 죽이고 싶어요."

집에서 주말을 보내고 기숙사 생활로 인해 학교에 가려고 버스를 기다리고 있는데, 자신을 성폭행했던 오빠들 중 한명이 길 건너편에서 나오더라는 것이었다. 결혼을 해서 아이를 안고 부인과 함께 즐겁게 웃으면서 나오는 그들을 보는 순간 온몸이 뻣뻣해지고 숨을 쉴 수가 없었다고 한다. 곧 도착한 버스를 타야 하는데 몸이 도저히 움직여지지 않아 학교에 갈 수 없었다고 한다.

"그 인간 손에 안겨진 아이까지 죽이고 싶었어요."

나는 수빈이의 분노를 다 이해할 수는 없었지만 그 아픔이 느껴졌고 수빈이를 잠시 안아 주었다. 그렇게 우리는 아무런 말없이 함께 울기 시작했다.

"선생님이 그 때 너와 너의 엄마의 의사와 상관없이 신고를 했었어야 했어."

나는 진심으로 그날의 일들을 후회하고 있었다. 시간이 지나도 힘들어 죽을 것 같은데 자신을 그렇게 만든 사람들은 사회의 지도층이 되어 있다고 했다. ○○가 되어 있었고, ○○○이 되거나 회사에 취직하여 어엿한 가정을 이룬 가장이 되어 자녀가 있고... 그 말을 하는 수빈이의 눈은 분노로 가득 차 있었다. 그러니 신은 공평하지 않다는 수빈이의 말에 나는 항거를 할 수 없었다.

수빈이의 집은 학원에서 30분여 버스를 타고 들어가야 하는 조금은 폐쇄된 공간이다. 특수농작물을 재배하여 고소득을 올리는 부농지역으로 수빈이의 부모님도 농업에 종사하시는 분이시다. 매일 바쁘고 힘든 일로 제대로 아이를 돌보지 못하신다며 중학교 입학을 앞둔 수빈이의 손을 잡고 학원에 등록시키기 위해 어머니께서 오셨던 것으로 기억한다. 검게 그을린 얼굴에 일을 하시다 오신 듯한 옷차림으로 학원에 오셔서 착하고 공부 잘하는 딸을 한참이나 자랑하고 가셨다. 어머니의 자랑하시는 모습을 바라보는 그날의 수빈이는 그냥 여느 아이들처럼 맑고 명랑하게 보였다. 엄마처럼 힘들게 살지 않으려면 많이 배워야 한다는 말을 반복하시는 어머니는 수빈이가 오빠와는 달리 총명하다는 말씀을 웃으시며 하셨다. 당시 스무살인 큰 오빠는 전문대를 다니고 있었고 그 밑으로 고등학교 1학년 작은 오빠는 실업계 고등학교를 다니고 있었다. 작은 오빠는 중학교 2학년때 우리 학원에 등록하여 다니다가 3학년에서 실업계 고등학교 진학을 이유로 학원을 그만둔 아이다. 영어를 아예 읽지 못해 기초부터 시작했던 기억이 있다. 공부에는 전혀 관심이 없었고 오로지 컴퓨터 게임에만 관심이 있는 그런 아이였다. 담당선생님은 도저히 가르치지 못하겠다며 어려움을 토해내기도 하신 적이 있다.

수빈이는 꽤 밝고 명랑한 아이였다. 리더십도 있어 또래와 후배들을 잘 보살폈고, 성적도 늘 상위권이었다. 성격도 좋아 친구들도 많았다. 적어도 내가 보기엔 별 문제없는 그런 아이였다. 그러던 어느 날 교사 회의를 하던 중 수빈이에 대한 얘기가 나오기 시작했다. 수빈이가 강의 시간에 멍하니 앉아 있는 시간이 많다고 하시는 선생님, 책에다 볼펜으로 까맣게 낙서를 해놓아서 왜 그랬냐고 질문을 했더니 잘 모르겠다고 대답했다는 선생님, 숙제를 안해 야단을 쳤더니 노려보더라는 선생님이 계시기 시작했다. 수빈이에 대한 얘기는 그렇게 있었지만 더욱 심각한 아이들이 많았기에 그 아이들에 대한 대책 회의로 그날의 회의는 그렇게 마무리가 되었다. 그리고 얼마의 시간이 지났을까? 수빈이가 학원을 결석하였다. 수빈이가 전화를 받지 않아 그 이유를 알지 못해 어머니에게 전화를 걸었다. 수빈이가 어디 아프냐고. 학원은 왜 오지 않았냐고. 어머니는 수빈이가 학원에 가지 않은 것을 모르고 계셨다. 수빈이 어머님은 아빠가 알면 큰일 난다는 말씀을 반복하시며 내일은 꼭 보내겠노라고 하셨다. 아빠에게는 아무런 말을 하지 말아달라는 어머니의 말이 자꾸만 귀에서 맴돌았지만 그 이상 문제가 없기를 기도하는 마음으로 다음날 아침을 맞이하였다.

그러나 수빈이는 다음날도 엄마가 알지 못하는 결석을 했다. 무슨 이유인지 알 수 없지만 수빈이에게 좋지 못한 일이 있다는 직감이 들었고 나는 수빈이에게 문자를 보냈다. 네가 힘들고 어려운 일이 있다면, 나는 너의 편이 되어 줄 것이며, 항상 너와 함께 하겠다는 내용의 문자를 보냈다. 12시가 다 되어서야 수빈이의 답장을 받을 수가 있었다. 원장 선생님과 상담을 하고 싶다고, 죽을까도 생각했다고. 나는 답장을 보냈다. 무슨 일인지 모르지만 죽음을 생각할 만큼 힘들었는데 선생님이 알지 못해서 미안하다고. 정말로 그 때 나의 마음은 그랬다. 얼마나 힘든 일이면 죽을까도 생각했다는 것인지. 이제 겨우 중학교 3학년 여학생의 입에서 죽음을 생각했다는 말이 나올 수 있는 것인지. 그렇게 될 때까지 아무것도 모르고 있었던 것에 대한 자책감이 들기 시작했다.

다음 날 다행히 수빈이는 학원에 나왔다. 수빈이를 보는 순간 나는 눈물이 쏟아질 것 같은 감정을 억누르며 수빈을 상담실로 불렀다. 고개를 숙이고 앉아있는 수빈이에게 나는 쥬스 한 잔을 건네주며 수빈이가 먼저 입을 열어 줄 때까지 기다렸다. 그렇게 몇 분이 지났을까. 수빈이는 조용히 입을 열었다. 초등학교 6학년 때의 일이라 했다. 늘 농사일로 바쁜 부모님은 새벽부터 밤늦게까지 매일 집을 비우셨고 그런 부모님을 대신해 오빠의 라면을 끓여주고 아침을 직접 차려먹고 학교에 가는 일이 많았다고 한다. 큰오빠는 시내에 나가 생활하였고 작은 오빠와 함께 있는 시간이 많았다고 한다. 작은 오빠는 자주 동네 오빠들을 여러 명 데리고 와서 컴퓨터 게임을 하거나 라면을 끓여서 나누어 먹곤 하였다고 한다. 그런 어느 날 방에서 숙제를 하고 있던 수빈이에게 한 오빠가 다가와 성폭행을 하였고 그 다음날은 다른 오빠, 또 그다음 날도. 그 때 그 현장에서 자신의 작은 오빠는 문밖에서 누가 볼까봐 망을 봐 주었다는 것이다. 모두 5명의 작은 오빠 친구들로부터 성폭행을 당한 것이다. 그 말을 들은 나는 너무 충격을 받아 도저히 어떤 말을 해야 할 지 미처 생각을 할 겨를도 없이 왜 부모님에게 알리지 않았냐고 물었다. 나의 흥분한 목소리와는 달리 수빈이는 조용하고 차분하게 말을 이어갔다. 부모님께 알리면 가만두지 않겠다는 작은 오빠와 그 친구 오빠들이 겁이 나서도 그랬지만 아빠 때문에 입을 열지 못했다는 것이다.

수빈이는 아빠와 조용히 따뜻한 밥상을 한 번도 먹어 본 적이 없다고 하였다. 늘 술에 취해 계셨던 아버지는 신경을 거슬리는 일이 있으면 밥상을 엎어버리고 엄마를 때리기 일쑤였다고 한다. 엄마는 그런 아빠를 너무 무서워하셔서 제대로 말 한마디를 하지 못하신다고. 만약 이일이 알려진다면 엄마와 자신은 맞아 죽을 수도 있다고 하였다. 6학년 때의 일들이 힘들어서 결석을 하였냐고 말하는 나를 경악을 금치 못하게 하는 말은 그 다음부터였다. 자신을 성폭행한 오빠들 중에 큰 오빠와 나이가 같은 옆집 오빠가 있는데 그 오빠가 군입대를 하였고 휴가를 나오는 날이면 자신을 불러내어 성폭행을 가하였고, 자기 말을 듣지 않으면 오히려 너희 아빠에게 알리겠다고 협박을 했다는 것이다. 그 오빠의 아빠와 수빈이의 아빠는 죽마고우로 그 지역에서 태어나 지금껏 함께하는 둘도 없는 친구라는 것이었다. 최근 그 오빠가 또 휴가를 나왔는데 겁이 나고 죽고 싶은 심정이어서 아무것도 할 수가 없었다고 한다. 나는 세상을 포기한 듯한 수빈이의 처진 어깨를 안으며 '너의 잘못이 아니다. 네가 잘못한 것이 하나도 없는데 네가 왜 고통을 받아야 하냐'며 위로를 해 주었다. 공평하신 하나님이 반드시 악한 사람을 벌하시고 그 대가를 톡톡히 치르게 될 것이라 말했다. 수빈이의 손은 떨리고 있었다. 아니 온몸을 부들부들 떨고 있었다. 그리고 그 아이를 바라보며 그 날의 기억들로 나도 함께 전신이 떨림을 느끼고 있었다. 꽉 쥔 수빈이의 두 주먹은 마치 나를 향하고 있는 것처럼 느껴졌다. 원장 선생님은,

"왜 그 나쁜 놈들을 작살내지 않았는지."

"왜 그 놈들을 내 앞에 무릎 꿇게 하지 않았는지."

"왜 저렇게 저들이 멀쩡하게 살아가고 있게 그냥 내버려 두었는지."

고통스럽게 참아내는 그 주먹은 나를 향해 분노를 쏟아내는 듯하였다. 지우고 싶었던 그 날의 기억들이 봄날의 아지랑이처럼 스멀스멀 나의 내면 깊은 곳에서부터 올라오기 시작했다. 고통스러운 순간이었다. 끊임없이 흐르는 수빈이의 눈물이 그 순간만큼은 나의 것이면 했다. 함께 아프고 싶었다. 함께 고통스럽고 싶었다. 함께 절망적이고 싶었다. 그 상처와 고통과 절망의 늪에 차라리 내가 서 있었으면 좋겠다고 생각했다. 그러나 내가 당장 지금 할 수 있는 것은 아무것도 없었다. 그저 흐르는 눈물을 닦아주었다.

"괜찮다."

"괜찮아질 거야."

"그럼, 그럼, 괜찮아지고 말고."

나는 반복하여 아이의 등을 두들겨 주는 것 외에는 어떤 것도 해줄 수가 없었다. 소리 내어 통곡하는 수빈을 안아주면서 나는 마치 수빈

이의 아픔이 내게로 와주기를 바라면서 꼭 껴안아 주었다.

"아! 하나님"

"이 아이를 위해 제가 해야 할 일은 무엇인가요?"

"제가 해야 할 일은 무엇인가요?"

"지금 당장 그놈들을 찾아가 정죄를 해야 할까요?"

"아무것도 아닌 제가 보잘 것 없고 힘도 없는 제가 지금 무엇을 해야 할까요?"

"그저 이렇게 아이를 안아주며 괜찮아질 것이라는 말만 반복하는 것이 올바른 방법일까요?"

나는 울부짖으며 그분에게 간절히 도움을 간구하였다. 가슴이 찢어질 듯 아팠다. 정의가 존재한다면 하나님의 공의가 살아있다면. 서로 부둥켜안고 수빈도 울고 나도 울었다. 짐승의 부르짖는 소리처럼 그렇게 수빈이는 울었다. 그날 밤 나는 잠을 이룰 수 없었다. 밤을 꼬박 지새웠다.

정체성의 파괴

 아까 나온 복도에서 2미터를 더 들어간 방에서 한 참을 서 있다가 다시 돌아 나왔다. 잠깐 나타났던 빛 가운데 들리던 수빈 학생의 목소리를 따라가는 것이 더 현명하겠다는 생각이 든다. 중앙으로 돌아와서 작은 불빛이 보인 정면으로 긴 복도를 따라 들어가 본다. 얼마나 들어갔을까? 네모난 무늬를 격자형으로 깎아 낸 문이 하나 있어서 손잡이로 가만히 열고 안으로 들어섰다. 정사각형으로 만들어진 방에 사각형 테이블이 놓여 있고 두 개 의자가 양쪽으로 놓여 있었다. 그 의자에는 남녀가 한명씩 각각 마주보고 앉아 있는데 한 사람은 주로 대답하고 또 한 사람은 간간이 질문을 던지고 있다.

"저랑 슈퍼비전 상담과정을 통해서 많은 이야기를 나누셨는데 특별한 사건 사고들을 많이 얘기해 주셨어요. 이 중 특별히 계기가 된 사례가 있지 않나 하고 생각이 들어서 물어보려고 합니다. 저번에 말씀해주셨던 수빈이 이야기를 좀 더 해주실 수 있을까요?"

"수빈이를 처음 상담했던 시절에는 상담에 대해서 전혀 공부를 안 하고 있었을 때였어요."

"그게 몇 년 정도 되었을 때였죠?"

"지금 그 아이가 대학교 3학년이니까 초등학교 6학년에서 중학교 1~2학년쯤이었어요. 지금으로부터 10년 정도 된 일이네요. 2월에 만났었지요."

나는 처음 이성미 전 학원장과 대면했을 때, 수빈이라는 아이와 상담 과정에 대한 슈퍼비전의 의향을 전달받고 청소년기의 우울, 학대, 진로 결정 정도로 예상을 했었다. 사실상 청소년을 대상으로 하는 상담사들의 개인적인 슈퍼비전 사례는 주로 외상trauma에 대한 내용들이 많았기 때문이다.

외상trauma

외상은 실제적이거나 위협적인 죽음이나 심각한 상해 또는 개인의 신체적 안녕을 위협하는 사건을 본인이 직접 경험하였거나 타인에게 일어나는 것을 목격한 경우, 그리고 그로 인해 극심한 공포, 무력감, 두려움 등의 감정을 경험한 경우이다.

알렌Allen은 태프트Taft와 함께 관계 놀이치료relationship play therapy 이론을 소개한 학자이다. 관계 놀이치료relationship play therapy이론은 이는 아동 발달단계 중 출생의 심리적 상처가 분리-분화에 두려움을 느끼게 만들고, 이러한 분화의 곤란은 관계 갈등을 일으킨다는 오토 랭크의 이론을 바탕으로 한 치료이론이다.

알렌Allen은 외상사건의 발생 원인이 인위적이고 반복적일수록 그리고 아동기 양육자에 의한 학대와 같은 대인간 외상일수록 심각한 영향을 미칠 수 있다고 하였다. 아동기 외상을 18세 이하의 아동에게 부모나 양육자가 신체적, 심리적으로 상처를 주는 우발적 행위로 정의하기도 하고, 신체적 정서적 성적 학대와 신체적 정서적 방임으로 정의하기도 한다. 또한 부모의 이혼이나 실직 등 가정 내 부정적 생활사건도 아동이 이를 부정적으로 해석하는 경우 외상 경험으로 작용할 수 있다.

아동기의 외상 경험은 이후 발달 단계에서 다양한 영향을 미치는데 우울, 경계선 성격장애, 만성 통증, 물질 남용 등의 다양한 정신장애의 위협요인이 되며 치료 예후도 부정적인 것으로 보고되고 있다. 이러한 외상 후 증상post traumatic stress disorder, PTSD은 원래 성인을 중심으로 관찰되어 왔으나 최근 10년 전부터 청소년을 대상으로 한 연구도 활발하게 진행되고 있는 중으로 관찰되고 있다.

프랑스 신경정신과 의사 보리스 시릴니크Boris Cyrulink는 외상trauma 은 피해자의 기억 속에 새겨져 마치 그를 따라 다니는 유령처럼 그 사람의 일부가 된다고 하였다. 외상trauma을 만든 사건은 일회적이었을지라도 피해자에게는 매일, 때로는 하루에도 수십 번 그 때의 생생한 감정이 치밀어 오른다. 특히 성인기보다 어린 시절 외상의 경험이 인생에 중요한 영향을 미친다고 하였다.

"상담 센터를 오픈하시게 된 계기가 여러 사례 중에서도 이 수빈이의 사례였는데요. 굉장히 애착을 갖고 계신 이 사례의 전반적인 스토리가 어떻게 되는지 설명해주시면 될 것 같습니다."

"진짜 너무나 할 말이 많은데요. 우선 수빈이는 중학교 1학년 때부터 학원에 다니기 시작했어요. 굉장히 명랑하고, 모범적이고, 성실한 아이여서 문제가 없는 아이라고 생각했는데 어느 날 학원을 부모님도 모르게 결석을 하게 되면서 이 아이를 상담하기 시작했어요. 상담하는 과정에서 이 아이가 충격적인 말을 꺼내놓는 거죠. 자기 친오빠가 망을 보면서 친오빠 친구들과 친오빠 선배들로부터, 그때 아이가 기억하는 인원수로는 5명이었던 것 같은데, 그들에게 성폭행을 당했다고 했어요. 그때가 초등학교 6학년이었습니다. 그게 한 번으로 끝났다고 해도 충격으로 살아가기 힘들었을 텐데 저와 상담하게 된 중학교 3학년 1학기까지 지속적으로 성폭행을 당해왔다는 것에 저는 분노를 금할 수가 없었어요. 그 과정에 친오빠가 가담했다는 것, 그리고 지속적으로 겪게 되었다는 것, 그 속에서 이 아이가 겪게 되었던 과정들, 왜 부모는 몰랐을까 라는 것부터 시작해서 많은 분노를 자아내면서 그 아이, 어머니, 두 오빠와 상담하는 과정 속에서 어떤 해결책을 보지 못한 채 지금까지 왔다는 것에 대해 아직까지도 제 마음에 남아있는 부분이 많아요. 어느 날 이 아이가 찾아와서 "선생님, 시간이 흐르면 잊어질 줄 알았는데 너무 분해서 잊혀지지 않고 참을 수가 없어서 선생님을 찾아왔어요."라고 한 적이 있었어요. 그걸 보면서 이런 아이가 사회에서 정상적으로 살아갈 수 있도록 지속적으로 지원해주고 심리적으로 케어해줄 수 있는 시스템이 있어야겠다는 생각을 했는데 대부분의 상담센터는 일괄적이고, 겉으로 보여 지는 것에 집중하며, 임상경험이 많지 않은 상담사들이 상담하는 것을 보고 더욱 상처를 많이 받았어요."

그렇다. 되려 이성미 전 학원장의 외상은 여기서 시작한 것이다. 수빈 학생이 아동기 시절에 겪은 성폭력 사건에 대한 상담을 계기로 시작된 것이다. 그 때에 이성미 전 학원장은 상담 공부를 한 적이 없다고 한다. 사설 학원 원장으로서, 강사로서 수빈 학생과 접촉을 하고 있었을 뿐이었다. 낯선 아동 성폭력, 또래 성폭력 사건이 현재 이성미 상담사에게는 길고 긴 외상으로 남은 것이다.

정체성의 시작

이성미 전 학원장이 전달하는 수빈 학생이 겪은 아동 성폭력의 경우
는 외상보다 더 심한 상황을 나타낸다. 아동은 발달적으로 미숙하기
때문에 부모나 보호자의 지원 없이 신체적 아픔과 낯설고 두려운 경험
을 우리가 알고 있는 기존 경험과 관습에 통합하는 것이 거의 불가능
하다고 보는 것이 옳을 것이다.

아동기에 성폭력을 겪은 사람들의 상담 결과를 보면, 그러한 사실을
폭로하지 못하고 혼자만의 비밀로 남은 성폭력 경험은 시간이 경과함
에 따라 사건에 대한 해석을 손상시키는 것으로 나타났다. 이어서 성
폭력에 점차 적응하며 길들여지고 그런 자신을 '나쁜 아이', '성적인 아
이', '공범' 등으로 명명하며 수치스러워 하는 경향을 보인다.

피해 아동에게는 성폭력 사건이란 '나 때문에 ' 일어난 일이고, 그렇기
때문에 피해자들은 폭로를 스스로 억제하고 자신에게 발생하는 신체
적 정신적 피해를 장기화 시킨다. '더럽고 성적인 아이'라는 생각은 훗날
사회적 관계에서 부적절감과 남들에게 들킬지 모른다는 두려움을 심화
시킴으로써 아동을 고립시키고 폭로를 불가능하게 만든다.

외부에 알리고 폭로하여 법적 처벌을 가능하게 함으로써 피해자에게

최선의 이익이라는 일반인들의 인식이 있기는 하다. 그러나 현실은 이와 다르게 진행된다. 폭로 이후 피해 아동이 겪어야하는 일련의 상황들은 아동에게 성폭력 피해 만큼이나 더 아픈 경험으로 누적되기 때문이다.

이성미 전 학원장은 상담학 교실에서 이 문제를 고민하다가 교수에게, 박사학위를 갖고 있다는 슈퍼바이저에게 우회적으로 물어봐도 돌아오는 답변은 간단했다고 한다. "신고하지 그래?"

성폭력을 폭로한다는 것이 아동에게는 결코 쉽지 않은 결단이다. 그러한 '폭로'는 문제의 해결이 아니라 익숙하지 않은 경찰서에서 낯선 용어로 피해를 증명해야 하는 고된 과정의 시작에 불과할 뿐이다. 즉 아동에게 성폭력이라는 개념도 이해시키기가 어려운데 이를 폭로 후 예상되는 다양한 사건들까지 이해시킨다는 것은 성인에게도 쉽지 않은 일이다.

성폭력보다 폭로 후 어려움들이 더 고통스러웠다고 힘들게 고백하는 피해 아동이 있을 정도로 많은 성폭력 피해자들이 폭로 후 다양하고 강력한 스트레스를 경험하는 것이 현실이며, 이를 견디지 못하고 성폭력 피해 진술을 취소하는 경우도 드물지 않다. 아동기에 성폭력을 폭로한 여성들이, 폭로 후 자신을 믿어주지 않는 어른들에 의해 고통을 받았으며 적절한 도움을 주지 않아서 상황이 개선되지 않는 경우가 많았다고 고백한다.

아동기 성폭력에 관한 폭로는 종종 사건 발생 후 늦게 알려지고 또한 지연되는 것이 다반사라는 것이 여러 경로로 보고되고 있다. 최근한 실험적인 연구에서 성인 참여자들이 성적수치심, 더럽혀졌다는 생각, 잘못된 성 인지 등을 갖고 있는 것을 확인하였다. 이는 참여자들이 아동기 시절 미숙한 발달 및 성 지식 부족과 깊은 관련이 있다.

아동이 성폭력 피해 폭로를 빨리 하느냐 늦게 하느냐는 가족의 기능이 건강하게 돌아가는 것과 매우 밀접한 관련이 있다. 가족의 기능이 제대로 작동하지 않을수록 특히, 부모의 양육 방식이 부적절 할수록, 아동은 폭로에 대한 양육자의 반응을 부정적으로 알고 자신의 폭로가 가족의 역기능을 더욱 심화시키거나 극단적인 경우 가족해체로 이어지지 않을까 두려워한다. 이러한 결과는 보호자가 보일 반응을 아동이 어떻게 예상하는지에 따라 폭로하느냐 폭로하지 않느냐로 결정되며 많은 아동들은 자신의 폭로가 가족 내 갈등을 야기할지도 모른다는 두려움을 경험하며 그로 인해 폭로가 지연된다.

아동기 그리고 청소년에 대한 성폭력 사례를 대할 때 우리는 왜 좀더 일찍 알려지지 않았을까 안타까워한다. 그러면서 한편에서는 이를 이유로 피해자의 동기를 의심하는 태도를 보인다. 결국 피해자는 특히 청소년기 학생들은 고립된 방에 갇혀 자살이라는 극단적인 선택을 하게 되는 경우가 있다.

아동기 성폭력을 폭로하지 않고 성인이 된 여성들은 대부분 매우 열악한 가정환경에서 성장하고, 가정 내 갈등이 심각하거나 아니면 부모가 자녀들과 매우 관계가 정상적이지 않아서 폭로 후 적절한 보호를 받을 수 없다. 이러한 가정내 분위기는 아동의 겪은 경험을 폭로하기에 매우 어렵게 한다.

어떤 경우는 폭로하고자 하는 욕구가 생겼으나 주변에 자신의 말에 귀 기울이는 어른이 없었던 경우도 있다. 그리고 이전 성폭력 경험을 폭로하였으나 보호자가 주저하여 적절한 조치를 취하지 않은 경우 아동은 또 다른 성폭력 피해를 폭로하지 않는 경우도 있다.

정체성의 시작은 어린 아이가 어머니로부터 분리 독립하여 개별화 되어가는 과정에서 시작한다. 그 이론은 결국 일상적이고 정상적인 부모, 형제가 존재하는 가정을 관찰 실험한 결과이다. 그 이론을 그대로 대입한다면 수빈 학생의 경우, 정체성을 찾기 위해서는 사건 당시 초등학교 6학년부터 거슬러 올라가야 한다는 이야기다.

수빈 학생이 어떻게 받아들일지 모르겠지만 우리나라의 아동 성폭력을 포함한 성폭력 사건은 정말 지겹도록 끊이지 않고 발생하고 있다. 어쩌면 이는 우리나라 사람들의 삶의 방식을 송두리째 뽑지 않고서는 해결이 불가능하지 않을까 생각된다.

대검찰청 범죄 분석 자료에 의하면 2016년도 강간 건수만 5,412건으로서 이를 단순하게 1년 365일로 나누면 하루에 15건의 강간이 발생하고, 2시간마다 어느 여성은 어느 장소에서 강간을 겪고 있다는 산술적인 계산을 얻을 수 있다. 게다가 이 수치는 어디까지나 경찰에 신고하여 접수가 되었을 경우에만 해당되는 것이고, 미신고 건수까지 포함한다면 그 통계는 우리의 일반 상식을 벗어날 것으로 본다.

"네. 아... 결정이 쉽지 않으셨을 텐데, 수빈이 외에도 저랑 상담하는 가운데 여러 사건의 이야기를 들었지만 수빈을 통해서 이런 마음을 굳히시게 되었다는 것 자체가 놀랍고요. 다시 수빈이 얘기로 돌아가서, 수빈에게 친오빠가 두 명 있다고 하셨나요?"

"그 때 그 당시로 돌아간다면 수빈이가 초등학교 6학년, 처음 성폭행을 당했을 때가 중학교 1학년으로 올라갈 때였으니까, 둘째 오빠가 중학교 2학년이었고, 그리고 첫째 오빠가 고등학교 1학년이었어요. 첫째 오빠는 집에서 학교에 다닌 게 아니었고 기숙사에 들어가 있었어요. 인문계 고등학교였고요. 근데 인문계를 다니는 학생이 아닌 작은 오빠의 경우 그 주위에 특수목적 고등학교가 있어요. 이 학교의 특수성이 뭐냐면 중학교하고 고등학교가 이어져 있어요. 그러니까 중학교에서 공부를 안 하는 애들은 그 고등학교로 연결되어 가서 말하자면 실업계 고등학교에 다녔어요. 그렇게 연결된 학교다 보니까 서로가 잘 아는 경우가 많았어요. 어렸을 때부터 같이 자라온 사이다 보니까 집이 비게 되면 오빠가 친구들을 데리고 항상 집에 와서 노는데 컴퓨터 게임을 하면서 노는 거죠."

수빈 학생의 가족관계는 이렇다. 사건이 발생했을 당시 초등학교 6학년 시절에는 아빠 엄마, 그리고 오빠가 둘이 있었다고 한다. 아빠는 습관적으로 음주를 하고 툭하면 폭력을 휘두르는 사람이었으며, 엄마는 그런 아빠의 위세에 눌려 말을 한마디 못하는 여성이었다고 한다. 첫째 오빠는 고등학교 1학년 학생으로 집에서 학교를 다닌 것이 아니라 관내에 있는 기숙사에서 생활을 하고 있었다. 그리고 둘째 오빠는 중학교 2학년으로서 수빈 학생과 집에서 함께 생활하였다. 바로 이 둘째 오빠가 사단이 벌어진 중심에 자리 잡고 있었다.

갑자기 영화 '한공주'가 떠오른다. 영화 '한공주'는 이수진 감독의 2014년도 작품으로 2004도 경상남도 밀양시에서 발생한 여중생 집단 성폭행 사건을 소재로 하였다. 영화 '한공주'의 스토리는 수빈 학생이 겪은 성폭행 사건과 무척이나 닮아 있다. 피해자는 한 명의 아동, 여학생을 상대로 집단으로 성폭행이 벌어졌다는 점, 피해자가 역기능 가정의 생활환경이라는 점, 지역사회가 공간적으로 외부와 멀리 떨어져 있다는 점(밀양시를 직접 가보면 이에 대해 공감을 할 것이다). 가해자들이 피해자와 잘 아는 사이라는 점 등이다.

밀양시 여중생 집단 성폭행 사건은 사회적 반향이 너무나 컸고 온 국민이 경악을 금치 못한 사건이다. 인터넷에는 아직도 이에 대한 자료들이 남아 있으며 네티즌들이 각자 사건의 흐름과 동향, 재판의 내용까지 상세하게 기술하여 올려놓고 있다. 또한 2018년도에는 가해자로 추정되는 사람이 아프리카TV라는 인터넷 매체에서 BJ로 활동하고 있음이 일부 네티즌에 의해 발견되어 고발로 이어지면서 밀양 사건은 다시 회자되고 있는 상황이다. 즉 이 사건은 종결되지 않고 현재 진행 중이다.

이 밀양 여중생 집단 성폭행 사건을 기반으로 한 영화 '한공주'를 기획하고 감독을 한 이수진 감독의 말은 이렇다. "한 소녀의 이야기이자 나와 우리 모두의 이야기입니다." "그동안 수많은 성폭력 사건들을 보면서 저도 남들처럼 분노했죠. 하루는 스스로에게 질문했어요. '피해자가 내 주변에 오면 나는 무엇을 해 줄 수 있을까' 하고요. 분노했던 것만큼 쉽게 답이 나오지 않았습니다."

영화 '한공주' 개봉직전 한 언론과 인터뷰에서 이수진 감독은 작품의 원칙을 이렇게 표현했다. '실제 사건을 재현하지 않는다'. 따라서 감독은 영화의 초점을 주인공이 생존해 나가는 과정에 맞추고 있다. 이수진 감독은 실제로 성폭력 사건에 대한 취재나 자료 조사, 인터뷰 등을 하지 않았다고 한다. 대신 인간관계와 사회에 대한 고민에 집중을 했다고 한다.

이수진 감독은 "제가 고민한 건 '왜 이런 일이 벌어질까' 같은 좀 더 근본적인 것이며 피해자와 가해자를 나누고 잠깐 공분했다 잊어버리는, 그동안 우리가 가졌던 선입견과 가치관에서 벗어나 바라보면 이 영화의 고민이 다른 지점에 있다는 사실을 알 수 있을 겁니다."라고 설명하고 있다.

나는 '한공주'가 방영되는 1시간 30분 내내 불편함을 지속해야만 했다. 그 불편함은 어디에서 오는 것일까? 2010년 이창동 감독의 '시', 2011년 황동혁 감독의 '도가니', 2013년 이준익 감독의 '소원'은 각각 다른 성폭력 이야기를 현실감 있게 묘사를 하였다면, 이수진 감독의 '한공주'는 사건이후 벌어지는 상황을 관객에게 관찰하도록 하고 제 4의 시선을 통해 관객은 특별한 감정을 갖게 하였기 때문이다.

그리고 한공주를 중심으로 벌어지는 사건 이후의 상황은 우리가 통상 인지하는 2차 피해를 섬세하게 묘사하고 있다. 경찰은 피해자에게

무신경하거나 업신여기고, 산부인과 접수대는 일상적이며, 학교는 한 공주의 기존 생활의 터전에서 몰아낸다. 가해자 부모들은 전학을 간 학교까지 찾아와 수업도 못하게 방해를 하면서 탄원서를 써 달라고 요구하고, 술에 취한 아버지는 공주의 뜻과는 달리 탄원서에 서명을 한다. 한공주를 도와주는 역할을 하고 있는 담임 선생님은 오히려 공주의 자책감과 자괴감만을 일으키는 존재이다. "너도 잘못 안 한 것도 아니야. 모두가 조용히 일처리 하고 있어"라고.

나는 영화 '한공주'를 보면서 영화감독의 기획의도를 알아차리고는 부끄러운 감정이 발끝에서 머리 정수리까지 올라왔다. 나 역시 2차 가해자일 수도 있구나. 우리 모두는 한공주에게 사소하고 일상적인 것이야 라고 강하게 변명하지만 결국 그 말과 행동이 공주에게는 커다란 칼날이 되어 심장을 계속 찌르고 있는 것이다.

그런데 영화와는 달리 현실에서 밀양 여중생 집단 성폭행 사건은 결말이 없다. 재판은 끝났지만 2차 피해는 현재 진행 중이다. 심리적으로 더 힘들어진 피해자는 중간에서 필름이 끊기듯이 잠적을 해버렸기 때문이다. 밀양 여중생 집단 성폭력 사건의 피해자의 무료 변호를 맡아 피해자 보상까지 이끌어낸 강지원 변호사(전 청소년보호위원장)는 이렇게 말한다.

'당시 피해 여학생의 트라우마를 치료해 주기 위해 서울로 데리고 가서 정신과 병원 입원도 시키고 치료를 받고 있었다. 그 때 아버지 쪽 가족들이 와서 보호자는 자기들이라며 데리고 갔다가 다시 데려 오고 하는 상황이 벌어졌다. 제가 말씀드리고 싶은 것은 피해자가 무슨 죄가 있느냐는 것이다. 그런데 이렇게 숨어 다녀야 한다는 것이냐. 그리고 피해자는 지금도 저랑 연락이 안 된다. 자신의 이력을 잘 아는 사람이 저라 할 수 있다. 그 뒤에 국가를 상대로 손해 배상을 다 받아서 주었고, 그것 가지고 전세금에 보태 쓰게 하고 도와주었다. 그 뒤로 저하고도 지금도 연락이 안 된다.'

- 강지원 변호사. 전 청소년보호위원장. 오마이뉴스. 2016. 3. 9

2018년도에는 가해자로 보이는 사람이 인터넷 방송을 하다가 네티즌들에 의하여 발각이 되고 가해자는 네티즌들을 고소한 상황이다. 잊을 만하면 다시 안개처럼 스멀스멀 올라와 상처를 계속 때린다.

쉽지 않은 소재의 영화를 감정을 배제하고 제작하는 바람에 감독이 마음고생이 심했을 것으로 추정된다. 어쨌든 이 영화로 한공주 역을 맡은 배우 천우희는 2014년도 청룡영화제에서 여우주연상을 수상했다. 그리고 영화 평단의 시각은 대부분 우호적이다.

왜 우호적인가. 기존 우리가 알고 있는 영화들, 성폭력을 다뤘던 영화들은 대개 누가, 어떻게, 왜 그 사건이 발생하게 되었는가라는 이야기를 유지하는데 반하여, 영화 '한공주'는 주변 인물과의 관계에 비중을 실어 이야기를 전개하였기 때문이다. 성폭력 관련 유형의 기존 영화들은 처절한 복수 또는 스릴러의 전개를 꾀하는데 영화 '한공주'는 가족 해체, 학교 폭력, 지역사회 갈등, 빈곤과 소외 등 우리 사회의 암울한 면을 묘사하고 있다. 영화 비평가들이 이 영화를 호의적으로 보는 이유는 사건 자체를 따라가면서 흥미를 쫓기보다는 이를 계기로 우리나라 사회의 병리적인 모습을 은유적으로 표현한 것이기 때문이다.

한편 이 영화를 불편한 시각으로 보는 관점도 존재한다. 주로 미디어를 연구하는 연구자들 사이에서 나오는 이야기인데 우리는 부당한 현실을 고발한다는 미명아래 피해자의 고통을 구경거리로 전시하는 영화들을 반복적으로 목격했고, 정의로운 목적이 부당한 수단을 정당화 시켜주는 것은 아니다 라는 주장들이다. 특히 영화의 결말 부분을 보면 한공주는 고통에 처하게 된 원인에 정면으로 도전하는 태도가 아니라 보수적으로 회피하는 태도라는 주장이다.

어떤 이들은 '한공주'가 우리나라에서 고착화된 여성상을 위화감 없이 작동시키고 있다고 설명한다. 영화 속에서 여성은 제3자인 여성, 여자는 말이 많으면 안되는 여성, 식사를 준비하고 집을 지키는 여성 등 근대 이후 개발 시대를 겪어 온 아내이자 어머니라는 추상적인 개념으로 고착화 된 여성의 모습을 규정하고 있다고 비판한다.

정체성의 확인

수빈 학생의 여성상은 매 맞는 아내, 가족들에 대한 헌신, 공부 잘하는 자신에 대한 절대적인 의지, 농사짓는 일터에서 까맣게 그을린 농부이다. 그러한 수빈 학생의 어머니는 자신이 극복할 대상으로 이성미 전 학원장으로 지목했다.

> "수빈이 엄마는 개 처럼 먹고 소 같이 일했대요. 엄마의 표현이 그랬어요. 그러면서 자기 딸을 처음 우리 학원에 데리고 왔을 때 수빈이한테 그랬어요. "원장 선생님 함 봐라. 예쁘제? 배운 사람은 이렇다. 그러니까 니도 배워야하는 기다. 엄마 한 번 봐라." 엄마가 저랑 나이가 비슷하셨거든요. "절대로 니는 못 배워갖고 엄마처럼 살면 안 된다. " 그렇게 말씀하시고 애를 등록시켰던 그 순간이 떠오르는데, 아... 제가 어떻게 그 감정을 말로 다 표현을 못 하겠어요. 아... 정말 너무 힘드네요. 여기까지만 하고 일단 좀 쉬었으면 좋겠네요."

초등학교 6학년인 수빈 학생의 아빠와 엄마는 자신을 보호해 줄 수 있는 여건이 안 된다. 그리고 가해자들이 자신의 친오빠의 친구들이며, 피해 장소가 바로 자신이 살고 있던 집이기 때문에 자신이 살고 있는 물리적인 공간을 자신의 정체성의 일부로 기억하기가 어렵다. 그 집은 기억 속에서 파괴된 집이고 자신을 고통으로 빠져들게 한 일제 강점기고문실과도 같은 것이다.

자기 자신을 아는 것, 정체성의 확인은 자신의 이름, 자신을 낳아 준 부모 등 혈연으로부터 시작하여 살고 있는 집, 그를 에워싼 지역 환경, 교육 환경, 또래 집단 및 친구 관계를 수평적으로 인식하고 수직적으로는 자신의 본래 기질과 재능에 대한 인식, 그리고 학습 성장에 따른 발달 등 종합적인 부분으로 한다.

다시 돌아와 나는 영화 속의 한공주에게 묻는다. '너는 누구니?' 한공주는 이렇게 길게 답한다. '저는 고등학생이구요, 우리 엄마 아빠는 이혼 했어요. 지금은 엄마와 같이 살고 있어요. 아빠는 술을 너무 좋아해서 몸이 많이 망가졌지요. 나는 집에 생활비가 부족해서 편의점 아르바이트를 하면서 돈을 벌어야 해요. 아 맞다. 저는 음악을 좋아해서 늘 귀에 이어폰을 끼고 살아요. 노래 부르는 것을 좋아해요. 기타도 칠 줄 알아요. 화옥이라는 친한 친구도 있어요. 그런데 화옥이는 남자애들과 어울리는 것을 좋아해서 걱정이에요. 왜냐하면 그 친구들은 저랑 같이 아르바이트를 하는 동윤이라는 아이를 너무 괴롭혀요. 그게 걱정이에요.'

과정을 생략한 결말이 있을 수 있을까. 과정이 쌓이고 또 쌓이고 어느 정도 형태가 형성이 되었을 때 우리는 그것을 보고 결과가 이렇구나 하고 마음으로 짐작한다. 그런데도 우리의 관음증은 늘 반전을 기대한다. 그런데 강물을 바라보다 뛰어드는 한공주에게, 외부의 시선이 두려워 잠적을 한 밀양 여중생 정모 학생에게 반전이 있었을까? 우리가 마음속으로 이랬으면 좋겠어 라고 생각하는 반전은 늘 행복한 결말을 생각한다. 가해자들을 통쾌하게 복수하여 가해자들이 눈물을 흘리며 무릎을 꿇고 사죄를 하고, 피해자는 가슴이 아프지만 같이 울면서 흔쾌히 받아들이고 그래서 모두가 행복하게 살았더래요 라는 반전을 기대하는가? 현실은 늘 우리의 상상과는 반대로 흘러간다.

2003년도에 영화 '도그빌Dogville'이 개봉되었을 때 우선 나는 새로운 영상 모습에 충격을 받았다. 어째서 이런 세트가 영화로 가능하지? 연극 무대를 필름 속으로 그대로 옮겨놓은 듯 배경부터 제목까지 도발적이었기 때문이다. 도그빌? 뭐 개 같은 마을? 다음 두 번째로 충격을 받은 것은 '우리에게 공동체란 무엇인가' 라는 스스로에 대한 질문이고, 세 번째는 인간은 과연 선한 모습으로 태어나는가? 에 대한 의문이었다. 도그빌이라는 영화를 본 후 나의 답변은 이렇다. '반전을 기대하지 마라. 반전을 기대하다가는 과정을 놓치게 된다.'

약자가 우리 품안에 파랑새처럼 날아 들어왔을 때 우리는 과연 온전하게 그를 대할 수 있을까. 이에 대한 관음증을 '도그빌'은 제4의 시선으로 우리에게 비난하고 있다. 누가 누구에게 비난을 하는 거냐? 영화가 던지는 의미는 우리나라의 '한공주'와 유사하다. 포맷은 완전히 다르다. 맥락도 더더욱 다르다. '도그빌'은 직선적인 장치들이 숨어 있다면 '한공주'는 은유적으로 에둘러 표현하고 있다.

연극무대와 같은 세트에는 분필로 그려진 도로와 지명, 무늬만 갖춘 출입구와 가구, 도구들. 사방이 막힌 것 같지만 분필로 그려진 도로를 따라가다 보면 세트장 반대편에 알지 못하는 다른 마을이나 도시가 있을 것이라는 기대감을 갖게 한다. 그리고 저녁과 낮을 구분할 수 있는 무대 장치는 오롯이 관객들이 배경 보다는 주인공과 각각 캐릭터에만 집중하게 한다.

영화는 어디선가 들려오는 내레이션narration으로 시작한다. '이것은 도그빌이란 마을의 슬픈 이야기이다' 그리고 '록키산맥에 위치한 오래된 폐광 옆 막다른 국도 끝에 이 마을이 있었다.'라고 공간적 배경을 설명하면서 시작한다. 그리고 주민들은 '선량'하고 마을을 '사랑'한다고 한다. 그리고 개가 한 마리 있는데 그 개의 이름은 '모세'이다. '모세'라는 단어는 '물에서 건져내다'는 의미를 갖고 있다.

그러한 일상이 평온한 곳에 어느 날 밤 총소리가 들린다. 그리고 미모의 한 여자가 마을로 숨어 들어온다. 창백한 표정과 무언가 두려움이 눈가에 어린 여자의 이름은 '그레이스'이다. '그레이스'의 의미는 신의 은총, 신의 은혜이다. 그녀를 처음 발견한 '톰'은 다만 그녀가 갱들에게 쫓기는 신세라는 사실만 알 수 있을 뿐이다. 그는 그레이스를 마을 사람들 앞에 안내하지만 갑자기 외부인의 등장에 경계하는 마을 사람들을 톰은 설득하여 그레이스에게 2주 동안 마을에서 머물 수 있는 시간을 허락한다. 이후 마을 사람들을 한 명 한 명 만나면서 그레이스에게는 도그빌이 아주 행복한 마을이 되어간다.

어느 날 마을에 경찰들이 들이닥쳐 곳곳마다 그레이스를 찾는 현상 포스터를 붙인다. 그레이스에게는 늘 선량한 모습이었던 도그빌 사람들은 점점 그녀를 의심하면서 변하기 시작하고, 숨겨준다는 대가로 그레이스에게 견딜 수 없는 노동과 성폭력 속으로 몰아넣는다. 최악의 상황으로서 마을을 탈출하려고 한 그레이스의 목에 개목걸이를 채우고 지속적으로 학대를 한다.

나는 영화 '도그빌'의 줄거리를 다시 한 번 되새기려는 것이 아니다. 인간은 선하다고 하는 말들이, 상황이 변하더라도 계속 유지할 것이라고 보는 관음증이, 제4의 시선이 얼마나 마음을 불편하게 하는지에 대해서 제시한 앞선 논문들의 결론을 또 다른 영화로 증명하고자 하는 것이다.

연극 무대와 같은 세트와 배경, 영화 시작과 동시에 눈을 감으면 실제로 록키산맥에 와있는 듯한 실감나는 음향, 그리고 나의 관음증은 실제로 도그빌이라는 마을을 신이 되어 바라보는 듯한 느낌을 준다. 그리고 묵직한 내레이션은 내가 직접 영화 속의 인물이 되어 그들을 바라보고 느끼는 것처럼 영화와 함께 동참하게 한다.

여기서 나는 또 한 번 참혹한 현실을 바라보는 전지적 작가 시점에서 부끄러워해야 한다. 도대체 악은 어디에 존재하는가? 영화 '도그빌'은 악을 개인의 특징적인 기질이 아니라 외부 상황이 인간의 내부에 잠재되어 있는 악을 끄집어낸다고 보여주고 있다.

버팀목

성폭력 피해자인 수빈 학생을 에워싼 마을, 외부 도시와 떨어진 폐쇄성, 가해자인 동급 학생들, 그리고 동생을 보호하지 않고 오히려 가해자들을 선동하고 유인한 둘째 오빠, 농사를 짓느라 자식들을 돌보기가 버거운 아빠, 엄마. 가족 중에서 유일하게 막내인 여동생을 돌볼 수 있는 자리에 위치한 큰 오빠의 냉담함. 마지막으로 유일하게 자신의 겪은 상황을 알고 있는 상담사는 지역적으로 멀리 있다.

본인은 무엇을 하고 있을지. 어쩌면 수빈 학생이 지금 무엇을 하고 있는지 모른다는 점이 더 큰 문제일 것이다.

거울을 보면 나의 모습이 보이는데 마음은 보이지 않는다. 병원에서 CT나 MRI를 찍으면 마음이 보일까? 성폭력을 당했을 때 신체에 생긴 상처는 수술을 하거나 항생제를 발라 자연스럽게 아물게끔 도와준다. 그리고 상처가 깊으면 의학기술의 발전으로 보조기구를 이용하면서 평생을 불편하게 살아야 한다. 그런데 마음에 생긴 상처는 어떻게 치유를 해야 하는가? 나의 인생에서 나의 정체성은 매우 중요한데, 내가 누구인지 무엇을 하면서 살고 있는지 무척 심각한 문제인데 성폭력으로 인한 마음의 상처는 어떻게 치유를 하라는 것인가?

수빈 학생은 결정을 해야 한다. 그리고 수빈 학생이 심리적으로 의지하는 이성미 전 학원장은 계속 곁에서 든든한 버팀목이 되어야 한다. 수빈 학생은 계속해서 상처를 숨기면서 고통 받을 것인가, 아니면 상처를 발전의 에너지로 사용할 것인가? 상처에 연연하면서 나에게 상처를 준 사람에게 계속 힘을 실어줄 것인가, 상처를 직면하여 소멸시키고 발전의 에너지로 삼을 것인가? 기억 속에서 계속 폭력에 대한 경험이 반복하도록 내버려둔다면 수빈 학생은 앞으로도 계속해서 똑같은 마음의 상처를 받고 그 상처 주위만을 맴돌 것이다. 결론은 간단하다. 과거의 고통을 말로 표현하자.

아까시 꽃 향기

 빈 방에서 가운데에 탁자를 두고 긴 대화를 나누던 두 사람 중 하나는 점점 자신이 말을 하기 보다는 듣기 시작했다. 대화를 꾸준히 하는 사람은 이제야 자신의 이야기를 열정적으로 시작했다. 시간은 오후를 넘어가려고 한다. 불빛이 대화를 하는 사람의 얼굴을 보다 환하게 비추기 시작한다. 짧은 머리가 언뜻 보아도 오드리 헵번을 연상시킨다.

황박사님. 우리는 어떤 향기를 맡으면 그 향이 어떤 향기인지 알아차리는 것뿐만 아니라 그 향에 얽힌 추억과 그때의 감정을 함께 떠올리게 됩니다. 어떤 자료를 보니 보통 눈이나 귀의 신경세포는 감지된 정보를 뇌 속의 분석을 담당하는 고등 뇌로 신호를 보낸다고 합니다. 이와는 달리 콧속의 신경세포는 우리 뇌 속의 파충류에 해당하는 변연계라는 곳으로 신호를 보낸다고 하지요.

아시다시피 우리가 심리학을 공부할 때 배웠던 변연계란 우리의 감정과 기억을 담당하는 뇌 부위를 말한다고 하지요. 이 때문에 시각과 연결된 기억과는 달리 후각에 연결된 기억은 감정의 기억을 동반하는 것이 바로 감정을 관장하는 변연계와 연계된 후각신경계의 특징 때문이기도 합니다.

이러한 현상을 가장 잘 표현한 문학 작품이 프랑스 소설가 마르셀 프루스트의 '잃어버린 시간을 찾아서'란 소설입니다. 이 소설에서 주인공은 홍차에 마들렌이란 과자를 적셔 먹다가 마음이 알 수 없는 기쁨으로 가득차면서 예전의 기억들을 매우 구체적으로 떠올립니다. 그래서 이 심리학적 현상을 '프루스트 현상proust effect'이라고 하는 것을 기억합니다.

즉 프루스트 현상이란 특정 향기를 통해 그 향기와 연관된 과거 기억과 감정이 떠오르는 현상을 말합니다. 수빈이가 바로 그런 증세를 겪고 있습니다.

수빈이가 살던 집 주위에는 아까시 나무가 그렇게 많았다고 합니다.

그래서 책상에 앉아 공부를 할 즈음에 열린 창문 사이에 시원한 바람과 함께 들어오던 아까시 향기는, 그렇게 마음을 풍요롭게 하였다고 합니다.

그런데 하필 그날도 진한 아까시 향기가 수빈이의 몸을 감쌀 때, 그 괴물들은 수빈이의 어린 몸을 공격했습니다. 그 충격으로 인해 아까시 나무의 향기는 수빈에게 역겨운 향기로 바뀌었지요. 그래서 매년 아까시 나무가 벌을 유혹하기 위하여 꽃향기를 내뿜을 시기가 되면 수빈이는 과거의 악몽을 자꾸 떠올리게 됩니다. 잊고 싶은 괴물들이 숨어 있다가 다시 공격을 하는 것이지요. 지금은 성인이 되어 대학생 신분이지만 그 괴물들은 죽지도 않고 매년 같은 시기에 나타나 수빈이의 일상을 엉망으로 만들고 있습니다.

저는 지방 소도시에서 학원을 운영하면서 많은 아이들을 만나면서 전문 상담사가 아니어서 상담 기법은 전혀 몰랐지만 상담이란 상담은 다 해보았습니다. 학원 사업의 주요 목적은 아이들의 미진한 학습을 보완해 주는 것입니다. 그런데 보통 학습 보완만 해주고 끝나지 않는 것이 현실입니다. 별의 별 아이들이 있습니다. 그렇게 아이들과 대화를 나누다보면 그 형제들까지 만나야 하고, 형제들을 만난 이후에는 또 부모를 찾아서 만나야 하는 상황에 이르게 되는 것이 다반사였습니다. 전쟁터와도 같은 강의실을 정리하고 빈 공간에 홀로 앉아 있을 때면 내가 학원을 하는 이유가 무얼까 고민도 많이 했습니다. 아이들에게 미진한 학습 보완을 해주고 돈을 벌려는 게 목적인데 왜 아이들 친구관계, 집안 사정까지 다 들어주어야 하는지 하는 푸념이 절로 떠오를 적이 많았습니다. 이럴 바에는 처음부터 차라리 교직을 이수해서 학교 교사를 직업으로 선택했어야 하나하는 심리적 갈등을 겪기도 했습니다. 어찌되었던지 목표 지향적인 제 성격으로는 교육 공무원은 아닌 것 같습니다.

과거야 어쨌든 저는 태생적으로 처음에 사귀기가 어려워서 그렇지 한 번 맺은 인간관계는 굉장히 소중히 여기는 성격이라 제 학원에 출입하는 아이들을 그냥 돌려보낼 수 없었습니다. 지난 25년간 학원을 운영하면서 아이들에게 나는 진실한 마음을 나누는 선생이 되고 싶었습니다. 정의로운 사람으로 가슴 따뜻하고 그들의 삶의 길에 함께 동행 하는 길동무로 그렇게 늘 항상 같이 하고 싶었습니다.

아이들을 한 번 두 번 만나고 또 지역적인 특성으로 한 동네에서 사는 아이들은 거의 다 알게 되는 특성 때문에 10년이 지나고 20년이 지나도 서로 마주보며 늘 함께했던 사람과도 같은 느낌을 갖습니다. 그래서 나중에는 아이들에게 힘들고 지치고 아프고 서러울 때 먼저 떠올려지는 그런 스승이 되고 싶었고, 기쁘고 즐겁고 행복한 자리에서 서로 마주보며 멋진 웃음 함께 나눌 수 있는 그런 참 스승이 되고 싶었지요.

그러나 학원이라는 이해의 관계에서 그렇지 못했던 시간들이 있었습니다. 좀 더 많이 이해하지 못했고, 사랑하지 못했고, 용납하지 못했던... 수빈이는 그런 경우에 해당합니다. 많이 아쉬웠지요. 그 아이를 학원이 아닌 상담자와 내담자의 관계에서 만났더라면 좀 더 적극적인 액션을 취하지 않았을까? 하는 아쉬움이 해질녘 그림자처럼 길게 남아 있습니다.

　저는 수빈이가 세상 밖으로 나오기를 간절히 기도하는 마음으로 황박사님과 대화를 나누고 있습니다. 그리고 하나님께서 허락하신다면 아직도 숨죽여 자신의 아픔을 소리도 내지 못하고 있는 이 땅의 많은 여성들이 이제 더 이상 고통스러워하지 않았으면 하는 마음으로 이 자리에 앉아 있습니다.

　2008년도에 학원을 운영하고 있을 때 저는 뉴스에서 조두순 사건, 일명 나영이 사건이라고 하지요. 그 뉴스를 접하고 저는 혜진, 예슬양 사건이 발생한지 1년이 조금 넘은 것 같은데 또 이런 일이 일어났다는 것에 대하여 놀라움보다 두려움이 먼저 앞섰습니다. 저 역시 딸을 키우고 제가 운영하는 학원에서 학습도 중요하지만 학생들의 주변 상황에 대해서 늘 신경을 곤두서야 하는 입장이었기 때문입니다. 아무래도 우리나라는 성폭력으로부터 안전하지 못한 국가가 이미 되어 버린 것 같습니다.

실제로 여성가족부가 발표한 아동 · 청소년 대상 성범죄 발생 추이를 보면, 2008년부터 2011년까지 전체적으로 성범죄가 늘어났는데 그 중 미성년자에 의한 범죄는 598건 8.5%를 차지했고, 이중 성폭력 범죄는 2008년도 37명에서 2012년에는 132명으로 3.6배나 증가했습니다.

특히, 미성년자에 의한 강간범죄는 주로 여러 명의 청소년들이 한 명 혹은 두 명 이상의 동년배나 후배 여학생들을 집단적으로 강간하는 사건이 주를 이루고 있다고 하니, 자라나는 아이들에 대한 교육 리스트에서 무엇이 중요한지 우선순위를 다시 매겨야 하지 않을까 생각이 됩니다.

이에 대응하여 정부에서 내놓는 대책은 참으로 많습니다. 성범죄자 신상정보공개, 치료감호, 전자발찌라고 불리는 위치추적전자장치, 일명 화학적 거세라고 불리는 성충동 약물치료 등 선진국에서 시행하고 있으면 모조리 도입하여 따라서 시행하는 것 같습니다.

그런데 이 대응이 효과적일까요? 성범죄에 대하여 많은 논의를 거쳐 우여곡절 끝에 이런 저런 대책이 마련되었지만 한편에서는 그 정당성을 문제 삼거나, 다른 한편에서는 그 실효성에 대해서 의문을 품고 보다 더 강력하고 확실한 대책을 갈망하고 있는 분위기입니다.

저는 정식으로 상담사는 아니었지만 저의 학원 경험으로 아이들을 상대해 보니, 성폭력이 아이들에게 주는 영향은 성폭력이 발생할 때 당시 나이, 그리고 성폭력의 기간과 발생 수, 성폭력 가해자와의 관계, 외부로 알려지는 등에 따라 그 피해와 후유증이 달리 나타나는 경향을 목격했습니다.

특히, 아동기와 청소년기 연령의 성폭력 피해자들은 성인 피해자와는 달리 아직 성장 발달 단계에 있기 때문에 정신적인 충격이 성인에 비해 더 심각하고 장기적으로 진행되고 있었습니다. 실제로 아동기나 청소년기에 성폭력을 당한 피해자들은 성인피해자들보다 더 불안해하고 무서워하며, 우울해 합니다. 아무래도 성인보다 스스로 감정을 통제할 에너지가 부족하기 때문이겠죠.

상담학 교실에서 공부할 때, 성폭력이 다른 폭력에 비해 아동 청소년에게 더 많은 문제를 야기하는 이유로 아동의 정신성적 발달 psychosexual development의 문제와 관련이 있다고 배웠습니다.

수빈이의 경우도 마찬가지입니다. 성폭력 피해 경험에 대하여 주변 사람들의 반응과 평가를 무척이나 걱정했습니다. 아마 이러한 태도는 피해 경험의 회복 또는 악화에 영향을 주겠죠. 수빈이처럼 성폭력 피해가 심각한 경우, 아는 지인으로부터 성폭력을 당한 경우, 피해 경험을 노출하지 않았을 경우 성폭력 피해의 증상과 정도는 다른 경우와 다르게 나타날 겁니다.

  제가 아는 아이들은 사건 후에 의외로 슬프다는 감정을 많이 나타냈었습니다. 자기 자신이 겪은 상황이 믿을 수 없는 것이겠죠. 남들이 알면 어떻게 될지 모르니 두렵다는 호소도 많이 했습니다. 그러다보니 잠을 못자는 것은 일상이고 먹는 것을 잘 조절하지 못하는 모습을 보았습니다. 중요한 것은 이러한 신체적이고 정신적인 개인의 상처보다 자신이 속한 집단, 즉 학교에서 소문이 날지 모른다는 두려움이 가장 컸던 것 같습니다. 다른 지역에서 발생한 성폭행 사건의 경우, 피해 아동 청소년들이 소문의 여부에 관계없이 다니던 학교를 전학하거나 중퇴하는 경우가 많다는 뉴스를 접할 때 저는 동의합니다. 충분히 그러고도 남으니까요.

  성폭력을 겪은 아이들은 이상한 행동들을 나타냅니다. 일단 남성에 대한 부정적인 관념이 생기는 것은 당연하고, 특히 성에 대한 혐오감과 이성교재를 부정하는 태도를 보였습니다. 그러다보니 자기 이미지를 굉장히 중요시 하는 나이인데도 내 몸이 더럽혀졌다거나 가치가 없어졌다는 등 자존감이 급격히 저하되는 것을 공통적으로 목격하였죠.
  가해자들은 항상 남자였습니다. 연령대는 10대부터 중년에 이르기까지 다양하고 종종 가족 중에 한 사람이거나, 친한 사람이거나 이웃

들이었습니다. 가해자들은 아동의 욕구에 대해 신경을 많이 쓰며 피해자와 친하거나, 설득이 가능하고, 기만하기까지 합니다. 나이가 더 든 가해자들은 공통적으로 완력과 협박을 병행하면서 폭력을 사용합니다.

저는 제가 겪은 경험 외에는 이론은 잘 모르겠습니다. 수빈이 사례를 참고하면 아동・청소년 성폭력이 낯선 사람보다 아동이 신뢰할 수 있는 가족, 동급생 및 선후배, 교사 등 아는 사람에 의해 더 많이 발생한다는 사실은 여러 가지 가능성을 내포합니다. 우선 성폭력이 장기적이고 지속적인 관계가 이루어지는 것입니다.

이를 막으려면 현재의 성범죄에 대한 처벌이 더 강화되어야 합니다. 국민의 일반 정서와는 너무나 괴리감이 큰 것이죠. 또한 엄벌한다고 하여 성폭력 범죄가 줄어들지는 않을 것입니다. 즉 재판 과정과 관계없이 결과는 확실하게 처벌한다는 인식을 주어야 한다는 것이죠. 또한 신고하면 피해자는 국가로부터 보호와 지원을 받을 수 있다는 확신을 국민에게 심어주어야 하겠습니다.

사각형 테이블 바로 위 천정에는 작은 삿갓을 씌운 50W 백열전구가 테이블을 비추고 있다. 나는 양손을 테이블 위에 올려놓고 깍지를 끼고 있다. 뼈마디 마디 감각이 없다. 나는 잠시 천정을 바라보면서 어떤 생각을 떠올리고 있다. 이성미 전 학원장은 잠시 말없이 긴 한 숨을 쉰다.

황박사님! 여성에 대한 성폭력이 심각한 사회문제의 하나라는 사실은 이제 재론의 여지가 없습니다. 뉴스를 접하면서 알게 되었지만 성폭력은 젊은 여성뿐만 아니라 생후 4개월의 여아로부터 70세 이상의 노인여성에 이르기까지, 그리고 직업이나 사회 경제적 지위에 상관없이 발생하기 때문입니다.

이제는 성폭력의 유형도 매우 다양하여 여성들은 강간이나 윤간, 성추행 이외에도 직장 내에서의 성적 희롱, 음란전화, 대중매체나 컴퓨터를 통한 성적 폭행과 폭언 등 직간접적인 위협에서 우리는 살고 있습니다. 그런데 성폭력의 문제가 이와 같이 심각한데도 정부의 대응은 매우 미지근하여 근본적인 예방책은 물론이고, 성폭력 가해자의 처벌이나 피해자의 보호에도 불합리하고 부족한 점이 많아 대책을 마련하라는 논란이 늘 있습니다.

저의 개인적인 관점에서 보면 성폭력 문제는 우리가 살고 있는 이 현실에서 여성의 권리가 제약되고 있음을 보여주는 사례 중 대표적인 문제로 보고 있습니다. 사실상 여성이 인간으로서, 여성으로 인정받지 못하고 있다는 점을 보여주는 것이죠. 여성성, 정체성 회복이 매우 절실합니다. 다시 말해 성폭력이 과거의 가부장적인 이념에서 시작되었지만 현대는 권력과 위계에 의한 놀이 상대외에는 아무것도 아닌 존재가 되어 버렸습니다. 따라서 시대적 변화와 사회의 흐름에 맞추어 진정한 여성성으로서 그 가치와 정체성을 다시 정립해야 할 것 같습니다.

성폭력에 대한 여러 가지 관점들이 난무하는 것으로 알고 있습니다. 어디까지나 성폭력은 남성주의적 시각입니다. 아무리 앞뒤로 살펴보아도, 또한 유식한 단어로 표현을 하더라도 대부분은 남성에 의한 일방적인 폭력입니다. 따라서 피해자가 회복을 하기 위해서는 여성성으로서의 정체성 회복이 중요하다고 생각합니다.

Ellen Bass & Laurs Davis는 성폭력을 경험한 여성의 정체성을 회복하기 위한 단계를 다음과 같이 제시하고 있습니다. 물론 교과서적인 내용이지만 아직까지 이를 대체할 방법은 없는 것 같습니다. 치유를 결심하기, 위기단계, 기억하기, 그것이 일어났음을 믿기, 침묵 깨기, 자신의 탓이 아니었음을 이해하기, 자기 내면의 아이와 만나기, 자신을 신뢰하기, 슬퍼하기, 분노, 드러내기와 직면하기, 용서, 영성, 통합과 전진 등을 단계별로 제시하고 있습니다. 영성 단계는 이해하기가 좀 어렵지만 기도 또는 명상으로 이해하면 될 것 같습니다.

우리나라에는 성폭력 피해자를 돕기 위해 여성의 전화, 성폭력상담소 등 여성을 돕는 단체가 많이 있어서 각 상담소가 쉼터를 설립하고 있으므로 피해자 치유와 재활에 노력하고 있습니다. 그런데 제가 수빈이를 치유하기 위해 현장을 다녀본 결과 정부의 안내에도 불구하고 프로그램 측면에서 매우 미비함을 느꼈습니다. 일단 피해자 본인이 살고 있던 지역사회와 단절이 되어 있고 학생 신분으로 지원을 받기에는 성인 위주였음을 알게 되었습니다. 즉 미성년자에 대한 보호 장치가 없다는 것이죠.

게다가 정부와 민간단체에서 운영하는 시설은 대부분 과거에 피해를 당한 생존자보다는, 현재의 피해자 중심으로 상담이 이루어지고 있어서 수빈이처럼 일정 시간이 지난 후 스스로 결정하여 상담을 받기에는 어려움이 있었습니다. 정부에서 안내하는 시설에서 상담을 받으려면 일단 경찰서에 고소를 하고 나서야 가능한 곳입니다. 따라서 단기적인 위기 상담 중심일 수밖에 없기 때문에 피해의 후유증에 관심을 가지고 치유를 돕는 데는 역부족으로 보입니다.

또한 성폭력을 아직도 피해자 개인의 부주의와 순결과 관련된 성문제로 인식하는 가부장적인 사회분위기도 문제입니다. 수빈이의 큰 오빠도 수빈이 사정을 알게 되었을 때 나타난 반응이 바로 수빈이를 탓하는 태도였습니다. 이러한 왜곡된 사회 통념으로는 감정을 회피하거나 스스로 억제하는 방법을 사용하는 성폭력 피해자들은 정체성 혼란에 빠지기 쉽습니다.

인간은 어느 지역에서 살든지 자신의 정체성을 제일 중요하게 생각합니다. 특히 아동기와 청소년기의 아이들은 외부에 비치는 자신의 이미지를 정체성으로 여기기 때문에, 정체성 혼란은 아무리 내적인 조건이 좋아도 행복을 누릴 수 없는 것입니다.

홀로 남은 자의 외로움

 긴 시간을 보냈다. 창밖의 빗줄기는 그치고 땅에서
는 강한 흙내음이 비릿한 공기를 타고 실내로 들어
오고 있다. 아직도 카페의 벽면에 비스듬히 걸려있
는 모니터에서는 뉴스 앵커가 북한의 석유 불법 환적을 두고 비핵화 문
제와 더불어 한참 보도를 열심히 하고 있다. 방송 앵커의 정체성은 뉴
스를 정확한 발음과 자세로 보도를 하는 것이다. '나는 뉴스 앵커야'
라고 말하는 화면 속의 여성은 지금 자기 자신의 역할을 열심히 수행하
고 있다.

이제 이글을 읽는 모든 사람들이 알았으니 수빈 학생은 어두운 빈방
에서 얼굴을 다리사이에 파묻고 슬퍼하지 말고 밖으로 나오기를 바란
다. 나는 지금까지 비슷한 경험을 가진 학생들과 비슷한 경험이 있으
나 성인이 될 때까지 감추며 살고 있는 분들까지 모든 사례를 다 보여

주었다. 영화 사례를 여러 편을 단편적으로나마 제시해 주었다.

지금 수빈 학생 옆에는 오랜 시간을 고난 속에서 인내를 해온 어머니와 마음으로 지지하고 있는 이성미 전 학원장이 존재한다. 이것은 다른 피해자들과 다른 여건이다. 언제 어디서 태풍과 폭우가 쏟아질지 모르는 고난의 바다에서 망망히 혼자 떠 있는 것이 아니다. 밀양 여중생은 부조리한 주변 환경에 의해서 숨어 버렸고, 인천의 학생은 자살로 인생을 마감했다. 어디서 또 한 명의 성폭력 피해자가 성폭력으로 인한 정체성의 상실로 자살을 준비할지 모르겠다.

정체성의 상실, 특히 외부의 폭력으로 인한 정체성의 상실은 생애주기를 따라서 오랫동안 이어지고 있다는 것이 학계의 정설이다. 선행 실천가들의 관찰 결과들을 또한 다 전달해 주었다. 수빈 학생의 마음의 상처는 오래 갈 것이다. 완전히 없앨 수는 없지만 이 상처를 완화하거나 상처가 아무는 기간을 단축할 수 있는 방법이 있다. 이 방법을 듣기 위하여 빈 방에서 혼자 있지 말고 나오기 바란다.

패러다임의 변화

우리가 정체성, 외상trauma이라는 단어들을 처음 접하고 공부할 때 가장 먼저 비교 사례로 나오는 것이 안데르센과 마릴린 먼로이다. 마릴린 먼로는 타고난 미모로 사진 모델과 영화배우로 활동하여 미국 브로드웨이의 최고의 스타로 알려진 사람이지만 그녀의 삶은 놀라울 만큼 비극적이었다. 알코올중독자 미혼모의 딸로 태어나 정상적인 양육이 불가능하여 일찍이 고아원에 맡겨졌었다. 그 후 여러 고아원과 몇몇 위탁가정을 전전해야만 했다. 어느 한 곳에서도 사랑을 받지 못하고 여러 곳을 전전한 먼로는 아홉 살 나이에 이웃 아저씨에게 성폭행을 당하기도 했다. 더 성장한 먼로를 주위의 남자들은 성적인 대상으로만 대했다. 그녀는 주변 남자들에게 따뜻한 사랑과 돌봄을 기대했지만 그녀를 농락하고 이용해 먹으려는 사람들만 많았다. 성장기는 불우했지만 배우로 성공한 뒤에 그녀는 어린 시절 받지 못한 사랑을 남자들로부터 보상받으려 했고, 결국 그것이 자신에게 덫이 되어 끝내 약물 과다 복용으로 힘든 삶을 마감하였다.

안데르센의 성장기는 마릴린 먼로처럼 악몽이었다. 매춘부의 아들로 태어난 그는 외할머니가 포주인 가정에서 자라났고 그의 아버지는 광기적인 발작으로 자살하였으며, 매춘부였던 어머니는 결국 알코올 중독으로 사망하게 된다. 안데르센은 악몽과도 같은 어린 시절이었지만 성인이 된 후 다른 선택을 했다. 자신의 과거의 기억을 바탕으로 현실의 고통을 단순히 지워버리고 싶은 기억으로 치부하지 않고, 행복으로 가기 위한 여정이라는 관점을 가졌다.

결국 자신의 트라우마와 불행을 다른 관점에서 바라 본 안데르센은 '성냥팔이 소녀', '미운오리새끼', '왕자와 거지' 같은 슬프고도 따뜻한 명작 동화를 남기게 된다. 안데르센처럼 자신의 불행에 긍정적인 의미를 부여한 것을 패러다임의 변화라고 한다. 상처와 불행을 치유하는 데에는 이러한 패러다임의 변화가 필요하다.

마음의 짐을 나누자. 어차피 자아 정체성은 개별화 그 자체이고 산산이 깨어지고 부서진 정체성의 회복 과정 또한 스스로 해야 한다. 그리고 그 과정에서 힘들 때 주변에 도움을 요청해야 한다. 혼자서 스스로 일어나기 힘들 때 도움을 청할 수 있는 조력자가 있다는 것, 이것이 하나님이 수빈 학생을 사랑하는 방식이다. 그리고 조력자와 더불어 가해자들을 만나 사과를 받을 수 있다는 것, 이 사회와 직면할 수 있는 용기, 그 용기를 주는 것이 바로 하나님의 공의(公義)인 것이다.

자, 나에게 손을 내밀어 보렴.

"수빈이 자체가 외부적으로 굉장히 위축된 상태고. 남자에 대해 안 좋은 인식들이 각인돼서 많이 힘들 거라는 생각이 듭니다. 수빈이에게 영화치료를 한다면 초기에는 폭행당한 영화를 보여주기보다는, 약간 코미디물, 뮤지컬쟝르의 영화 즉, 자기의 자존감을 높일 수 있는 그런 영화들을 추천해주고 싶네요. 그리고 주위에 좋은 사람을 만났으면 하는 바램입니다. 끝으로 또 할 말이 있으신가요?"

"네, 끝으로 제가 꼭 하고 싶은 말은 제가 사실은 '그리심'이라는 심리 상담 센터를 오픈하면서 10년 동안 준비하면서 같이 함께 할 사람에 대해서 참 많이 고민을 했었어요. 그런데 좋은 분 만나 시작할 수 있게 돼서 감사합니다."

"네"

카페의 시계가 어느덧 오후 6시를 넘었다. 6시간 넘게 이야기를 나누던 상담사 2명은 이제 일어나서 각자 집으로 돌아가야 한다. 내일부터는 마지막 가을이 시작된다.

에세이를 마치며

이 책을 작성한 의도와 목적은 이성미 전 학원장이 상담사로서 앞으로 걸어가야 할 여정에 항해사가 되기를 바라는 마음에서 출발했습니다. 즉, 저의 소중한 전문직으로서 상담사인 이성미 전 학원장의 슈퍼 비전을 위함입니다.

제3의 시선에서 이성미 전 원장을 통해 알게 된 수빈 학생의 이야기를 알리고자 이 글을 썼습니다. 그런데 이 글을 주어진 시간 안에 쓰면서 여러 부분이 부족하게 느껴짐을 인지하고 있습니다. 그것은 성폭력 사건과 슈퍼비전의 내용이 시로 중첩되어 알릴 수 없는 많은 이야기가 있어서 제한적인 부분이 있기 때문입니다. 이 책은 빙산의 일각이라는 말씀을 감히 드립니다.

그리고 한 번도 만나지 못한 수빈 학생에게 성폭력으로 인한 정체성의 회복을 위해 도움이 된다면 더 이상 바랄 게 없습니다. 수년 동안 지옥 같은 삶 속에서 침착하게 대처할 만큼 수빈 학생이 매우 지혜롭고 똑똑하다고 들었습니다. 이 책은 출간 이후 수빈 학생에게 상담 용어로 '드러내기와 직면하기'를 위한 증거이자 자료가 될 것입니다.

이 책은 저의 의식과 시간의 흐름에 따라 작성했으며, 심리학, 상담학에 관련된 많은 선행 연구자들의 결과물을 참고하였습니다. 따라서 연구 결과물로 도움을 주신 분들의 목록은 참고문헌에 일일이 적어 놓았습니다. 이성미 원장과 "홀로 남은 자의 외로움" 수빈학생을 대신하여 진심으로 감사드립니다.

epilogue

황박사님.

저는 지난 25년간 입시학원을 운영해 왔습니다.

대학 1학년 때, 과외로 시작한 아이들과의 만남이 지금까지 계속되어 왔으니 거의 30년 가까이 아이들과 함께 했다고 볼 수 있습니다. 하여튼, 저의 삶에 있어서 아이들은 저의 원동력이라고 말할 수 있습니다.

대학 졸업 후 입시학원에서 강사로 근무하다가 그 당시 신학생이었던 지금의 남편을 만났습니다. 가난한 신학생과 결혼을 하여 생활전선에 뛰어 들어야 했던 저는, 입시학원에서 겪었던 경험을 바탕으로 2명의 학생을 두고 과외를 시작했습니다.

대학에서 화공학과를 졸업한 저는 그 아이들에게 수학과 영어를 가르쳤지요. 아이들을 가르치기 위해 밤을 새워 선행학습을 하였고, 좀 더 쉽고 좀 더 잘 이해할 수 있도록 가르치기 위해 밤새 교습 방법을 고민하여 최선을 다해 가르친 결과, 그 당시 고등학교 3학년이었던 학생이 수능에서 좋은 결과를 가져와서 창원 지역에서는 서울 안에 있는 좋은 대학에 입학하게 되었습니다. 그로 인해 저에 대한 입소문이 나기 시작했습니다.

결국, 처음에는 직접 학생의 집에 방문하여 하던 과외를 아파트를 얻어서 하게 되었습니다.

저에게 과외를 받은 아이들이 전교 등수에 들어가면서 저에 대한 소문은 널리 퍼지기 시작했고 아파트에서는 도저히 감당이 되지 않는 인원이 모이는 바람에 아파트 앞 상가를 얻어야만 했습니다. 아이들은 점점 더 늘어나기 시작했고 혼자서는 감당이 되지 않아 한 분의 수학선생님을 두어 좀 더 넓은 곳으로 학원을 옮기게 되었습니다.

그 이후로도 아이들은 계속 늘었고 아이들이 느는 만큼 교사들도 점점 더 늘게 되었습니다. 그렇게 끊임없이 발전해 온 학원은 한 곳에서 20년을 넘게 굳건해졌고, 소위 말하는 입시의 명문이 되어 있었습니다.

그렇게 학원이 발전에 발전을 거듭하는 가운데 저에게는 특별한 아이들이 있게 되었습니다. 너무도 많이 아픈 이 땅의 청소년들을 만나게 되었습니다.

우선 물질적으로 풍요하나 정신적으로 점점 더 피폐해가는 아이들.

왜 공부를 해야 하는지, 왜 그렇게 죽도록 열심히 공부해야 하는지, 그 뚜렷한 목표와 목적이 없이 달려가다 문득 멈추어 서서 방황하는 아이들.

부모와의 단절된 대화와 관계 속에서 폭력적으로 변해가고 그 폭력이 본인도 감당이 되지 않는 아이들.

우울증과 조울증, 조현병과 같은 질병에 고통 받는 아이들.

심한 자존감 결여와 자아 정체성을 잃어버려 자살을 선택했던 아이들.

부모의 잘못된 교육으로 가학적이고 피학적인 성향을 나타내는 아이들.

부모의 폭력 속에 하루하루를 고통으로 사는 아이들.

성폭행의 피해자로 혹은 가해자로 그 고통에서 몸부림치는 아이들. 그런 수없이 많은 고통과 상처를 가진 아이들을 만나면서 저는 제가 해야 할 일이 무엇인가를 끊임없이 생각하며 오랜 시간을 지내왔습니다.

저의 제자 중 서울대를 입학한 한 녀석은 울고 싶은데 눈물이 나지 않는다고 하였습니다. 실제로 그 아이는 제 앞에서 고통스럽게 우는데 눈물이 한 방울도 나지 않았습니다. 그 녀석이 대학에 들어가 우울증을 겪으면서 하루는 저를 찾아왔습니다.

원장 선생님의 말이 곧 법인 줄 알았다. 그렇게 열심히 공부해서 최고의 대학에 들어가면 모든 것이 다 해결이 되는 줄 알았다. 그런데 나는 나의 삶을 산 것이 아니었다. 왜 나에게 이런 현실에 대해 말 해 주지 않았느냐고.

10년이 지난 지금도 저는 그 아이의 원망어린 차가운 눈빛을 지울 수가 없습니다. 그 후로도 끊임없이 아픈 아이들을 하나님께서 저에게 보내 주셨고 그로 하여금 다시 공부하게 되었습니다.

제가 아동기에 성폭력을 당한 수빈이를 바라보는 또 다른 무언가가 있었을 것입니다. 기존 가부장적인 프레임에서 핍박을 당하는 여성, 완력으로 인하여 자신의 정체성을 상실한 여성, 위세를 가진 자가 어린자를 억누르는 세상... 내 마음에 무엇이 수빈이를 끌어당기고 있는지 정말로 궁금합니다.

황박사님은 자기 자신을 알아야 한다고 말씀을 하십니다. 자기 자신을 알면 마음이 편해질까요. 아니면 힘들어질까요. 오히려 자기 자신을 알면 힘들어지고 해서 차라리 모르고 사는 것이 더 편할 수도 있겠습니다.

자기 마음을 안다는 것은 자기가 꿈꾸고 상상하는 것에 대해서 현실 직시를 한다면, 원자폭탄 폭발과 같은 어마어마한 충격이 되겠죠. 자기 정체성을 아는 것이 엄청난 고통스러운 일이 되겠죠.

그래서 저의 정체성에 대해서 조금씩 조금씩 드러내고 직면하려 합니다. 힘들지만 죽기 아니면 까무러치기로 해보는 거죠. 그것이 나의 정체성이라면 말입니다.

이성미 드림

참고문헌

국회 여성가족위원회, 디지털 성범죄의 처벌 및 피해자 지원 방안 연구. 2017

경찰청, 「경찰백서」, 2013

김한균, '성폭력 문제의 현황과 심각성' 한국형사정책연구원, 2013

대검찰청, 범죄분석 대검찰청 정보마당 통계, 2015, http://www.spo.go.kr/
info/stats/stats02.jsp

두산동아백과

미셸 짐 발리스트 로잘드 루이스 램피어 엮음, 권숙인 김현미 옮김, 「여성 •
문화 • 사회」, 한길사, 2008

이경자, 윤영숙, 서명선, '성폭력 예방과 대책에 관한 연구' 한국여성정책연구원
(1992. 겨울)

여성가족부, 「2010년 성폭력 실태조사」, 2010

여성가족부, 「2013년 성폭력 실태조사」, 2013

원스톱 지원센터 업무매뉴얼, 행정자치부 정책연구관리시스템 http://www.
prism.go.kr

전희원, '여성 성폭력 피해 경험자의 외상경험과 외상 후 성장의 관계에서 지각
된 통제감의 조절효과' 「서울여자대학교 석사학위논문」, 2017

정현백 김정안, 「처음 읽는 여성의 역사」, 한길사, 2012

한성주 엮음. 「여성주의 고전을 읽다」, 한길사, 2012

김옥희, '여성주의 집단미술치료가 성폭력 생존자의 자존감과 불안에 미치는 효과', 「영남대학교 석사학위논문」, 2006

권희경 장재홍, '청소년 성피해자들의 성폭력 인식과 자기손해적 성행동', 한국심리학회지:여성, 8(1), 2003

강석영 김래선 류다정, '현장전문가들이 인식한 성폭력 피해 청소년의 특성과 개입방안', 청소년상담연구, 2016)

강은영, '아동성학대의 실태 및 대책', 한국형사정책연구원, 2000

아동 성폭력 가해자에 관한 연구', 한국형사정책연구원, 2003

'국내 • 외 아동성폭력범죄 특성 분석 및 피해아동보호체계 연구', 여성가족부, 2010

대검찰청, '범죄분석통계', 2009

박성숙, '성학대 피해자의 문제와 치료', 한양대학교 정신건강연구소 정신건강연구, 1990

신기숙, '성폭력 피해아동의 피해경험', 한국심리학회지: 일반, 30(4), 2011

여성가족부, "'07~'12년 아동 청소년 대상 성범죄의 발생추세와 동향분석', 2014

주소희, '아동 청소년기에 성폭력을 경험한 피해생존자에 대한 질적 연구', 한국아동복지학 32, 2010.

한국성폭력삼담소, '안전한 어린이, 건강한 서울, 건강한 어린이, 어린이 성폭력 예방 및 대책마련을 위한 세미나 자료집, 서울특별시, 2011

강진령 (2008). 상담심리용어사전. 양서원

강남순 (2017). 페미니즘과 기독교. 동녘

강태인 (2015). 해외입양인 생모의 모성 정체성 구성에 관한 생애사 연구. 성

균관대 대학원

강현복 (2016). 에서와 야곱을 통해 배우는 하나님의 작정 : 창세기 25장
19-34절. 생명나무. 통권 제416호, pp.118-123. 고신언론사

구미정 (2012). 리브가의 이유 있는 편애. 생명과 나무. 통권28호 (2012년 가
을), pp.18-22. 한국알트루사.

구미정 (2012). 한국 교회의 생명 회복을 위한 제언 : 한 여성의 관점. 생명과
나무 제24집, pp.173-202. 서강대학교 생명문화연구소

김미숙 (2006). 부모의 양육태도 및 정신건강과 유아의 사회 정서발달과의
관계. 아주대 교육대학원.

김순옥 (2009). 고위험 산모의 산후 우울과 모성정체성. 관동대학교

김지숙 (2013). 대상관계부모훈련이 어머니의 분리개별화와 자녀가 지각한
양육태도에 미치는 영향. 경남대학교 대학원

김재구 (2010). 이삭 이야기의 신학적 재조명. 한국기독교신학논총 71집,
pp.5-30. 대한기독교서회

김홍석 (2018). 야곱에 대한 오해와 이해. 크리스천 투데이.

김혜진 (2007). 어머니 양육 모-자녀 갈등을 매개로 청소년 분리-개별화에 미
치는 영향: 또래 애착의 중재효과를 중심으로. 이화여자대학교 대학
원.

미르치아 엘리아데, 이재실 옮김 (0000), 『이미지와 상징-주술적 종교적 상징
체계에 관한 시론』. 문예출판사

박용기 (1995). 성경강론 I. 서울: 진리의 말씀사.

송경화 (2005). 한국가정에서의 자녀 편애가 성인초기 자녀에게 미치는 영향
에 대한 기독교 상담적 접근. 아세아연합신학대학교 대학원.

신경아 (1998). 한국여성의 모성갈등과 재구성에 관한 연구: 30대 주부를 중심으로. 서강대학교 대학원.

이보라 (2018). 기독교 상담자의 소진 극복을 위한 기독교상담 방안 : 이야기 치료를 중심으로. 성결대학교 대학원.

이윤진 (2018). 영유아기 부모교육 실태 및 부모교육 의무화에 대한 정책제언. 서울 : 육아정책연구소.

유연희 (2009). 아브라함과 리브가와 야곱의 하나님. 서울: 대한기독교서회.

유윤종 (2002). 야곱과 에서 이야기에 나타난 장자권의 역전 : 모티프 중심 설교의 한 전형을 제시하며. 복음과 신학.

윤요은 (1998). 어머니의 정신건강, 양육태도와 유아의 정서 행동문제. 계명대 교육대학원.

윤철홍 (2013). 구약성서상 장자권 매매에 관한 법신학적 고찰. 중앙법학, 제15권 제2호. 중앙법학회.

정빛나래 (2015). 발달지연 영유아의 발달 양상, 양육환경 및 임상적 특징. 한신대 대학원.

채기환 (2010). 야곱의 장자권과 언약에 대한 연구. 호서대학교 연합신학전문대학원.

크리스토퍼 보글러, 함춘성 역 (2013). 『신화, 영웅 그리고 시나리오 쓰기』, 비즈앤비즈.

한국성경공회 (2006). 『성경』. 생명의말씀사.

한동구 외 (2010). 『토라의 신학』. 동연.

황규명 (2008). 『성경적 상담의 원리와 방법』. 바이블리더스.

Larry Crabb, Understanding People, 윤종석 역 (1996). 『인간이해와 상담』

서울: 두란노.

Mahler, M. S., Pine, F., & Bergman, A. (1975). *The psychological birth of the human infant: symbiosis and individuation.* New York: Basic Books.

Richard Cook & Irene Alexander, *Interweavings: Conversation between Narrative Therapy and Christian Faith*, 149-52